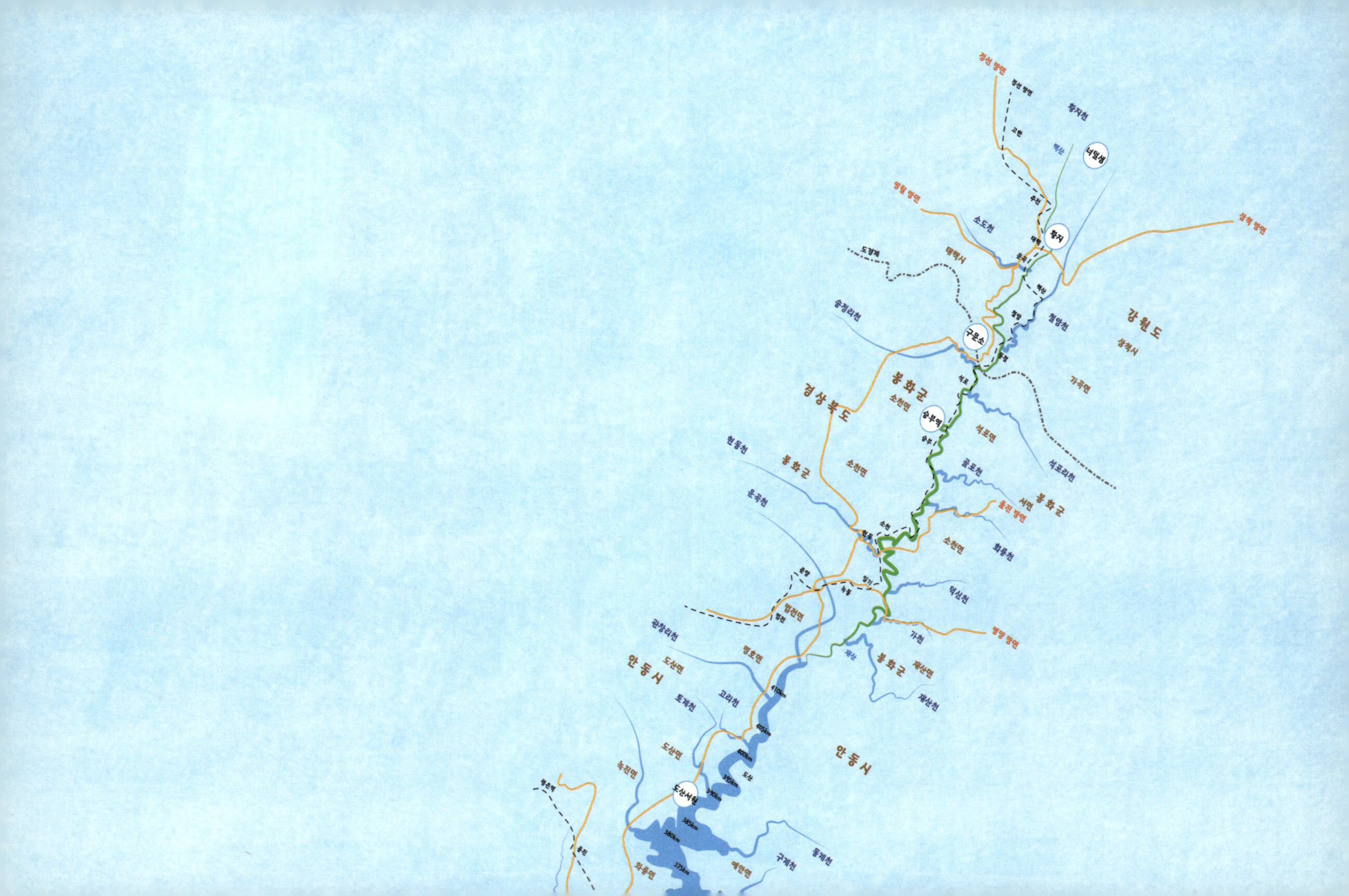

삼척 방면
강원도
삼척시
너덜샘
황지천
황지
가곡면
철암천
석포리천
봉화군
서면
울진 방면
정선 방면
소도천
태백시
영월 방면
구문소
석포면
골포천
화동천
소천면
승부역
봉화군
소천면
덕산천
영양 방면
가천
재산면
재산천
봉화군
안동시
승계리천
경상북도
소천면
봉화군
운곡천
현동천
법전면
명호면
고리천
토계천
관창리천
도산면
안동시
도산면
도산서원
동계천
구계천
예안면
와룡면
녹전면

하회마을
회룡포
경천대
해평습지
의성군
예천군
상주시
구미시
지보면
풍양면
낙동면
다인면
단밀면
도개면
해평면
산동면

낙동강 1300리, 굽이굽이 아름다운 물길 여행

낙동강 1300리, 굽이굽이 아름다운 물길 여행

초판 1쇄 발행 2020년 4월 15일
초판 3쇄 발행 2022년 5월 20일

지은이 유명은
그린이 정다희
펴낸이 김경옥
펴낸곳 아롬주니어
디자인,제작 디자인원(031.941.0991)

출판등록번호 제 2020-000340호
주 소 서울특별시 마포구 월드컵북로 162-4 1층
전 화 02.326.4200
팩 스 02.336.6738
이메일 aromju@hanmail.net

ISBN 978-89-93179-80-4 74810
978-89-93179-48-4 (74800)

이 도서의 국립중앙도서관 출판예정도서목록(CIP)은 서지정보유통지원시스템 홈페이지(http://seoji.nl.go.kr)와
국가자료종합목록 구축시스템(http://kolis-net.nl.go.kr)에서 이용하실 수 있습니다. (CIP제어번호 : CIP2020011886)

유명은 글 | 정다희 그림

아름주니어

강길을 걸어갑니다. 한들거리는 바람이 상쾌합니다. 바람에 코스모스가 가냘프게 흔들거리고, 강물이 물결을 일으키며 흘러갑니다. 강물을 바라보고 있으면 마음이 편안해집니다.

강원도 태백 함백산에서 발원해 영남 지역 전역을 유역권으로 하여 남해로 흘러드는 낙동강은 압록강 다음으로 가장 긴 우리나라 제2의 강입니다. 긴 강의 길이만큼 간직하고 있는 사연도 많습니다.

낙동강의 원래 이름은 삼국 시대엔 '황산강' 또는 '황산진'이라고 하였습니다. 그러다가 고려와 조선 시대에 '낙수', '가야진', '낙동강'이라고 하였습니다. 낙동은 가락의 동쪽이라는 뜻인데, 현재의 경상도 상주 땅을 가리킵니다.

낙동강 지역에는 선사 시대부터 사람이 살기 시작하였습니다. 그렇기에 여러 지역에서 돌망치, 빗살무늬 토기, 패총 등 구석기 시대와 신석기 시대의 다양한 유물이 발견되었습니다.

또한 삼국 통일의 위업을 달성한 신라가 자리 잡았던 곳으로 역사적

으로도 중요한 곳입니다.

낙동강은 선사 시대부터 현재까지 우리나라 역사를 지켜보면서, 각각의 이야기를 간직한 채 묵묵히 흐르고 있습니다.

기나 긴 역사를 품고 흐르는 낙동강을 둘러보면서 발전이라는 명목하에 강이 상처받고 아파하는 모습을 보았습니다. 하지만, 사람들로 인해 치유되며 자연의 모습으로 되살아나는 모습 또한 보았습니다.

강의 이야기를 듣고 싶었습니다. 얼마나 오랜 역사를 고스란히 간직하고 있는지, 얼마나 많은 사람들의 이야기를 알고 있는지, 얼마나 오랜 동안 우리를 지켜봐 왔는지 궁금했습니다.

변함없이 사람들의 기쁨과 슬픔, 고통까지도 고스란히 껴안고 인간과 함께 공존해 온 강의 이야기를 쓰고 싶었습니다. 남한강에 이어 낙동강을 둘러보면서 한없이 사람들을 품어 주는 강에 무한한 감사함을 느꼈습니다.

강길을 여행하는 고양이, 강아지, 까치를 통해 낙동강에 얽힌 역사와 문화를 알아 가며 강의 소중함에 대해 알게 되었습니다. 강의 역사를 통해 환경의 소중함을 더욱 깊이 깨닫게 되어 감사했습니다.

강은 문명의 발상지이기도 하지만 생명의 근원이기도 합니다. 그렇기에 강을 어머니의 젖줄이라고 합니다. 인류의 생명 줄인 강은 그만큼 소중한 것입니다. 강을 잘 보존해야 우리의 역사도 평화로울 것입니다.

강을 통해 물의 소중함을 느꼈으면 좋겠습니다. 강길을 걸으며 자연과 상생하는 문화의 모습을 보기 바랍니다. 자연과 함께하는 삶이 가장 현명하고 아름다운 삶임을 강의 모습을 통해 다시 한 번 느낍니다. 인간과 함께 공존해 온 강을 가꾸고 지켜야 하겠습니다.

인류가 태동되면서 인간과 함께 유구한 역사를 간직한 강물은 오늘도 말이 없습니다. 기쁨도 크게 티내지 않고, 슬픔은 저 홀로 삭이고, 스스로 고통마저 정화하면서 잔잔히 흐를 뿐입니다.

흐르는 강물을 보고 있으면 삶에 지친 마음을 강물이 토닥토닥 위로해 주는 것을 느낄 수 있습니다.

강에게 생명을 불어넣고 소중한 환경을 지키며 자연과 함께 하는 삶은 행복합니다.

여러분 모두 행복하기를 바랍니다.

글쓴이 유명은

차례

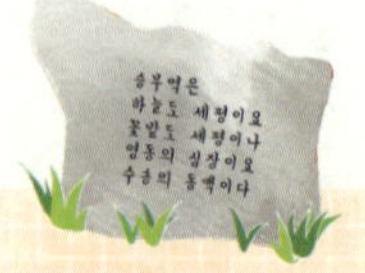
승부역은
하늘도 세평이요
꽃밭도 세평이나
영동의 심장이요
수송의 동맥이다

낙동강 발원지 너덜샘과 황지

도도는 강원도 태백시의 황지 공원에 사는 길 고양이입니다. 도도는 하양, 주홍, 검은색이 예쁘게 섞인 삼색 고양이입니다. 고양이 도도는 원래 집 안에서 사람들과 함께 생활하던 애완 반려동물이었습니다.

"어머, 너무나 예쁘게 생겼다. 나, 이 고양이 키울래."

처음 도도의 주인은 도도가 아기 고양이일 때 너무나 예쁘다고 감탄하면서 데려다 기르기 시작했습니다. 하지만 도도가 몸집도 커지고 털이 많이 빠지자 도도의 털 때문에 주인은 불만을 갖기 시작했습니다.

"아기 고양이 땐 귀엽고 예뻤는데, 몸집이 커지니까 귀여움

도 사라졌어. 털도 너무 많이 빠지네. 집 안은 물론이고 외출복에도 털이 잔뜩 묻었어. 어떡하지? 아유, 짜증나."

도도의 주인은 겨울 외출복에 묻은 털이 제대로 떨어지지 않는다면서 지난겨울 이곳 황지 공원에다 도도를 버리고 갔습니다.

낯선 곳에 버려진 도도는 처음에는 애타게 주인을 찾으면서 울었지만 며칠이 지나도 주인은 나타나지 않았습니다. 도도가 버려졌던 겨울은 유난히 눈도 많이 내리고 매서운 바람이 불었습니다.

"너무나 추워. 배도 고프고 얼어 죽을 것 같아. 흑흑."

털이 짧은 고양이 도도는 추운 바람을 맞으며 며칠 동안 굶기도 했습니다. 새앙쥐라도 잡아먹으려고 했지만 사냥이 서툰 도도보다 오히려 새앙쥐가 더 빨리 도망갔습니다. 도도는 굶주림과 겁에 질려 수많은 날들을 숨어 지내면서도 혹여나 주인이 자기를 찾아오지 않을까 기다리면서 황지 공원을 떠나지 못하고 있었습니다.

도도가 살고 있는 황지 공원은 시내 중심에 있고, 공원 내에는 연못이 있습니다. 태백시를 둘러싼 태백산과 함백산의 줄기를 타고 땅속으로 스며들었던 물이 모여 만든 연못입니다.

따뜻한 집에서 살던 도도가 춥고 배고픈 겨울을 그나마 버틸 수 있었던 것은 황지 공원의 느티나무에 사는 까치 덕분이었습니다.

어느 날 고양이 도도는 배가 너무 고파서 까치라도 잡아먹으려고 했습니다.

"배가 너무 고파 안 되겠어. 저 까치라도 잡아먹어야지."

까치가 길에 떨어진 사과 쪼가리를 쪼아 먹으려고 앉아 있을 때 도도는 까치를 잡으려고 살금살금 다가갔습니다. 하지

황지 공원에 있는 낙동강 1300리 시작 표지석

만 까치가 도도의 움직임을 먼저 알아차리고 나무 위로 날아가 버렸습니다.

도도는 집에서만 자랐던 터라 날아다니는 새를 잡는 것은 몹시 힘들었습니다. 더군다나 며칠을 굶은 탓에 제대로 점프를 할 수도 없었습니다. 도도는 까치를 잡으려다 오히려 나동그라졌습니다.

그때였습니다.

"에잇, 재수 없게 고양이가 왜 알짱거려?"

술에 취한 남자가 배고파서 걸음도 제대로 못 걷는 도도를 발로 걷어찼습니다. 술 취한 남자의 발길에 차인 도도는 공중으로 부웅 떴다가 땅바닥으로 내동댕이쳐지고 말았습니다. 얼른 일어나 도망가려고 했지만 몸이 말을 듣지 않았습니다. 술 취한 남자는 도도를 한 번 더 걷어차고는 비틀거리며 걸어갔습니다. 참 나쁜 사람입니다.

사람들에게 아무런 해코지도 하지 않았지만 나쁜 사람 발길에 차인 도도는 가엾게도 갈비뼈가 부러지고 말았습니다. 도도는 몸을 질질 끌면서 구석진 곳으로 숨었습니다. 뼈가 부러진 탓에 숨쉬기도 힘들었고 움직일 수도 없었습니다. 갈비뼈가 부러진 도도는 꼼짝도 못하고 사람들 눈에 띄지 않는 구석진 곳에 숨어 죽음만을 기다리고 있었습니다. 얼마나 아픈지 숨도 제대로 쉴 수 없을 정도로 고통스러웠습니다.

"나를 잡아먹으려고 하더니, 꼴좋군."

도도를 지켜보던 까치는 자신을 잡아먹으려던 고양이 도도가 미워서 처음엔 외면했습니다. 하지만 사람들에게 발길질 당하고, 갈비뼈가 부러진 채 죽어가는 모습을 보자니 가슴이 너무나 아팠습니다. 까치는 고양이에게 다가갔습니다. 고양이 도도는 눈도 뜨지 못한 채 거친 호흡만을 하고 있었습니다.

"이러다가 고양이가 죽겠어. 안 되겠다."

까치는 길가에 떨어진 음식들을 쪼아다가 도도 앞에 놓아 주었습니다.

"가엾어라. 고양이야, 제발 기운 내."

하지만 도도는 여전히 거친 숨만 몰아쉬었습니다. 까치는 다시 날아가 연못에서 물을 머금고 와서는 도도의 입에 물을 흘려 넣어 주었습니다. 그래도 도도는 눈을 뜨지 않았습니다. 까치는 몇 번이고 연못으로 날아가 물을 흠뻑 머금고 와서 도도에게 먹였습니다. 한참 후에야 도도는 간신히 물을 삼키고는 까치를 향해 눈을 떴습니다. 그러나 곧 눈 뜨는 것도 힘이 드는지 다시 눈을 감았습니다.

"앗, 고양이가 눈을 떴네. 어서 먹을 것을 구해 와야겠어."

까치는 길거리에 떨어진 과자 부스러기를 물고 와 도도 앞에 놓았습니다. 하지만 도도는 힘이 없어서 과자 부스러기도 먹을 수 없었습니다. 까치는 멀리까지 날아가서 마당에 놓인 강아지 사료를 입에 물고 와서 도도에게 먹였습니다.

"고양이야, 힘내. 내가 곁에 있어 줄게."

까치는 도도의 곁을 떠나지 않고 날개로 도도를 조심스럽게 덮어 주었습니다. 까치가 날개로 도도의 몸을 덮자 차갑던 도도의 몸이 점점 따뜻해졌습니다. 까치는 도도에게 날개로 이불을 만들어 주고 옆에서 잠도 같이 잤습니다.

까치는 틈만 나면 연못에 있는 물을 머금고 와서 도도에게 먹이고, 사람들이 먹다 남긴 음식과 강아지 사료를 물고 와 도도의 입에 넣어 주었습니다. 추운 밤이 되면 까치는 도도의 몸을 날개로 덮어 주고는 옆에서 잠을 잤습니다.

도도는 까치 덕분에 조금씩 기운을 회복할 수 있었습니다. 도도는 까치 때문에 행복했습니다.

"까치야, 고마워. 너 아니었으면 나는 벌써 죽었을 거야. 너를 잡아먹으려고 했던 날 용서해 줘."

"네가 살아나서 정말 좋아. 앞으로는 나를 잡아먹으려고 하지 않겠지?"

"그럼. 너는 내 생명의 은인이잖아."

"나는 네가 죽을까 봐 겁났어."

"고마워, 까치야. 내 이름은 도도라고 해."

"도도? 이름 참 예쁘구나."

그 이후로 도도와 까치는 둘도 없는 친구가 되었습니다. 까치는 도도의 사연을 알고는 도도를 위로했습니다. 도도와 까치는 날마다 어울려서 놀았습니다. 가끔 까치는 도도의 등 위에서 낮잠을 잘 때도 있었습니다. 그러면 아이들이 신기하다며 소리쳤습니다.

하지만 심술궂은 사람들은 돌을 던지기도 했습니다. 그러나 도도와 까치는 단 한 번도 그런 사람들에게 해코지를 하지 않았습니다. 참 착한 동물들입니다.

추웠던 겨울이 지나고 꽃피는 봄이 왔습니다. 황지 공원에도 꽃이 피고 나무에는 새들이 모여 수다를 떨었습니다. 도도와 까치는 예쁜 꽃들과 나뭇잎 속으로 숨으며 숨바꼭질도 했습니다. 따스한 햇살 아래 졸고 있는 도도에게 까치가 날아와 톡톡 건드렸습니다. 잠에서 깬 도도는 까치와 함께 공원을 어슬렁어슬렁 돌아다녔습니다.

도도는 시내 한가운데에 연못이 있는 것이 너무 신기했습니다.

"여기는 시내인데 어떻게 연못이 생겨났지?"

도도가 신기한 듯 고개를 갸웃거리자 까치가 말했습니다.

"사람들 이야기로는 이곳이 낙동강이 시작되는 곳이래. 날

낙동강이 시작되는 곳, 황지

아다니다 보면 큰 강이 보이는데, 그 강이 시작되는 곳이 바로 여기라는 거야. 이 연못의 물은 날씨가 아무리 추워도 얼음이 얼지 않아. 그래서 아픈 너한테 물을 떠다 먹일 수 있었던 거야."

"그렇구나. 신기하다."

낙동강은 삼국 시대에는 황산강 또는 황산진으로 불렸습니다. 이후에 고려, 조선 시대에 와서 낙수, 가야진, 낙동강이라 부르다가 낙동강이라는 이름으로 정해졌습니다.

"홍수나 가뭄이 들어도 연못의 물은 항상 그대로야. 물의 양이 줄거나 넘치지도 않는단다."

까치가 말했습니다.

발원지는 물길이 시작되는 곳을 말합니다. 황지 공원에 있는 연못은 너덜샘과 더불어 낙동강 1300리의 발원지라고 알려져 있습니다. 낙동강은 강의 길이가 525.15km로 남한에서는 제일 긴 강입니다.

하루에 약 5000톤의 맑은 물이 나오는 황지 공원의 연못은 상지와 중지, 하지로 구분되어 있습니다. 황지는 하늘 못이라는 뜻인 '천황'으로 불리기도 하는데, 우리 민족의 영산인 백

두산 '천지'와 마찬가지로 물이 깊고 맑아 깨끗한 기운이 가득하여 성스럽다는 뜻입니다.

연못 근처를 어슬렁거리는 도도를 보고 까치가 다가왔습니다.

"이 연못에는 전설이 있어. 들려줄까?"

도도가 귀를 쫑긋거리자 까치가 신나서 이야기를 시작했습니다.

옛날에 길을 가던 스님이 황 부잣집으로 시주를 받으러 왔습니다.

"음식을 달라고? 아까운 음식을 줄 수는 없지."

심술궂고 구두쇠였던 황 부자는 스님에게 시주 대신 쇠똥을 가득 퍼 주었습니다.

"쇠똥이나 갖고 어서 꺼지쇼."

시아버지가 스님에게 쇠똥을 퍼 주고 대문을 닫는 것을 본 며느리가 깜짝 놀라서 뛰어나왔습니다.

"스님, 죄송합니다. 저희 아버님을 용서해 주십시오. 잠깐만 기다려 주시면 제가 시주를 하겠습니다."

며느리는 쇠똥이 가득 담긴 시주 주머니를 버리고 스님에게 쌀 한 바가지를 시주하였습니다. 며느리의 고운 마음씨에 감동한 스님이 말했습니다.

"참으로 마음이 아름답구려. 그런데 보아하니 이 집의 운이 다하여 곧 큰 변고가 있을 것이오."

"집의 운이 다하다니요. 저희 집은 어떻게 되는 것입니까?"

"지금 나를 따라오지 않으면 살지 못할 것이니, 나를 따라 오십시오."

"도대체 무슨 말씀이신지?"

•황지 공원에 세워 놓은 황 부자 상

"무조건 지금 당장 나를 따라와야 살 수 있소. 그리고 절대로 뒤를 돌아보아서는 아니 됩니다."

스님의 재촉에 며느리는 스님의 뒤를 따라갔습니다. 그런데, 산중턱에 이르자 갑자기 자기 집 쪽에서 뇌성벽력이 치며 천지가 무너지는 듯한 소리가 들렸습니다.

"아이쿠, 이게 무슨 소리야?"

깜짝 놀란 며느리는 스님의 당부를 잊고 뒤를 돌아보았습니다. 스님에게 쇠똥을 시주했던 고약한 황 부자네 집은 굉음 소리와 함께 땅속으로 사라져 버렸습니다. 그리고 그 자리에는 큰 연못이 생겼습니다. 그것이 바로 황지 공원에 있는 연못입니다. 그런데 어찌된 일인지 뒤를 돌아본 며느리의 몸이 그만 돌이 되고 말았습니다. 스님의 당부를 잊고 뒤를 돌아다보았기 때문이었습니다.

욕심 많고 심술궂던 황 부자는 이무기가 되어 연못 속에 살게 되었다고 합니다. 연못은 1년에 한두 번 흙탕물로 변하기도 하는데, 이무기가 된 연못 속의 황 부자가 심술을 부린 탓이라고 합니다.

2

구문소 뚜루내

강원도
소도천
문곡
영월 방면
백산
삼척시
태백시
철암천
철암
가곡면
도경계
구문소
동점
석포
송정리천
석포리천
석포면
봉화군
승부역
소천면
봉화군
골포천
서면
승부
울진 방면

어느 날, 도도는 낙동강의 끝이 어느 곳인지 궁금했습니다.

"까치야, 낙동강의 끝은 어디일까? 강을 따라 가면 알 수 있을까?"

"그럼. 낙동강 따라 여행하는 것도 재미있어. 나는 다녀왔거든."

"까치야, 너는 날 수 있으니 강을 따라 가면 되겠지만 나는 이 연못 근처에 버려진 후에 한 번도 이곳을 떠난 적이 없어. 나는 강이 어떻게 생겼는지도 궁금해."

"그렇겠구나. 도도야, 그럼 우리 강을 따라 여행하는 게 어때?"

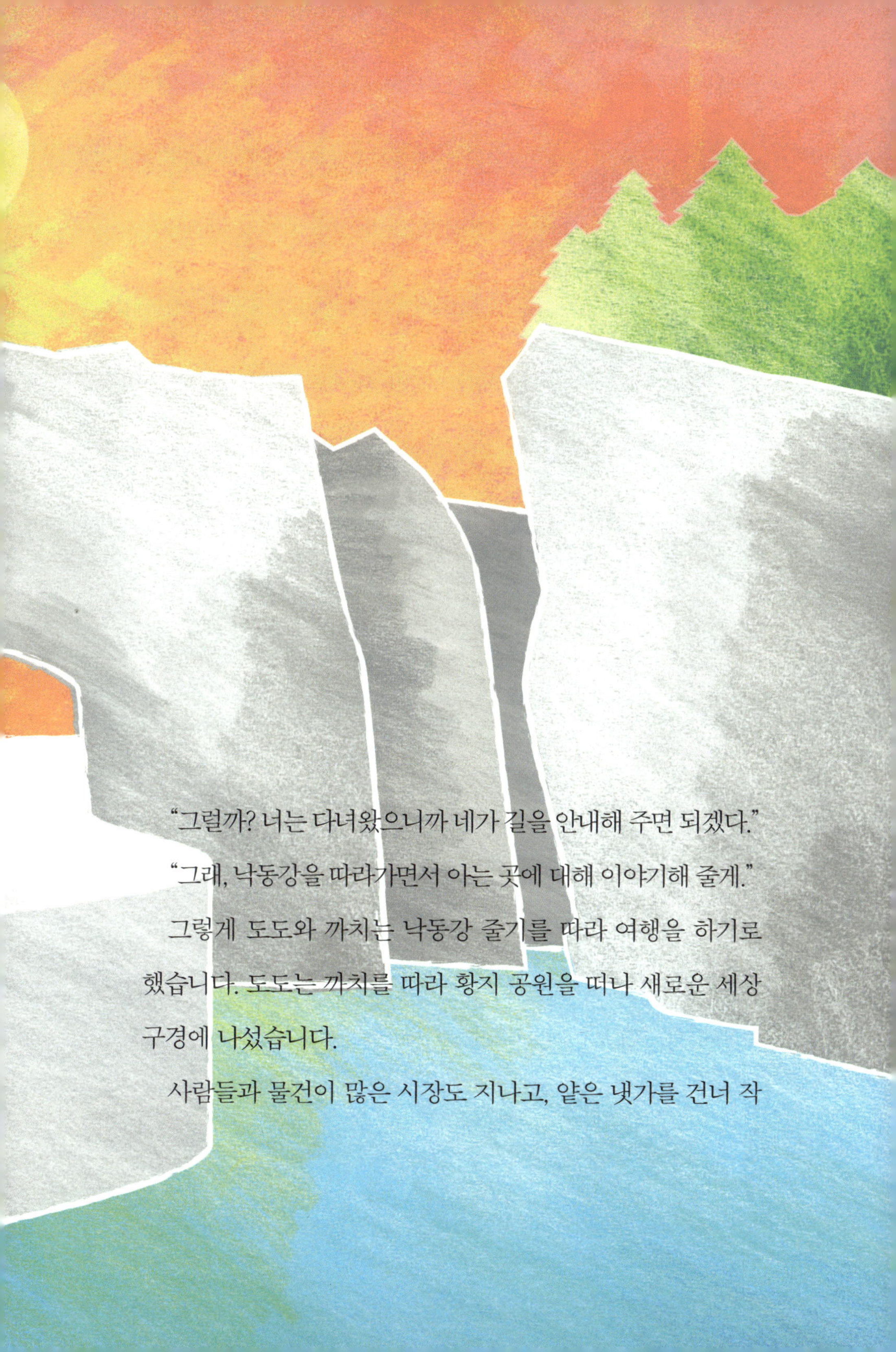

“그럴까? 너는 다녀왔으니까 네가 길을 안내해 주면 되겠다.”

“그래, 낙동강을 따라가면서 아는 곳에 대해 이야기해 줄게.”

그렇게 도도와 까치는 낙동강 줄기를 따라 여행을 하기로 했습니다. 도도는 까치를 따라 황지 공원을 떠나 새로운 세상 구경에 나섰습니다.

사람들과 물건이 많은 시장도 지나고, 얕은 냇가를 건너 작

•자개문

은 마을을 지나기도 했습니다. 까치는 길에 떨어진 먹을 것을 도도에게 알려 주었고 도도는 그 음식들을 먹고 사람들을 피해 다니며 밤이 되면 까치와 함께 잠들곤 했습니다.

까치는 멀리까지 날아가 어디로 가야 하는지를 살펴보고 왔습니다. 도도는 까치가 이끄는 곳으로 따라갔습니다.

"도도야, 저것 좀 봐. 바위가 마치 문처럼 가운데가 뻥 뚫린 곳이 있어. 무척 신기하지 않니?"

"우와, 어떻게 저렇게 큰 돌로 된 문이 있지? 저 아래는 물이 흐르네. 신기하다."

"이곳을 와 본 적이 있어. 문처럼 생긴 저 구멍은 자개문이라고 해. 그 아래 물이 깊은 곳을 구문소라고 하지. 주변에는 기암절벽과 계곡, 멋진 소나무들이 어우러져 있어서 경치가 아주 아름다워."

까치의 목소리는 자랑스러웠습니다. 구문은 구멍 또는 굴을 뜻하고, 소는 땅바닥이 우묵하게 뭉떵 빠지고 늘 물이 괴어 있는 곳을 말합니다. 옛날에 구문소는 가뭄이 들었을 때 기우제를 지내던 곳이기도 합니다.

현재의 강원도 태백시는 5억 년 전에는 물로 뒤덮인 바다였습니다. 구문소 위에 있는 자개문은 약 1억 5000만~3억 년 전에 물이 산을 뚫고 지나가면서 생긴 것입니다.

"구문소는 다른 말로 강물이 바위 절벽을 뚫고 흐른다고 해서 '뚜루내'라고도 해."

"뚜루내? 예쁜 이름이네."

"구문소에는 주변 논에서 자라던 커다란 싸리나무가 떠내려

자개문 아래에 있는 구문소

와서 부딪혀 뚫렸다는 전설과 황지천에 사는 백룡과 철암천에 사는 청룡이 낙동강을 차지하기 위해 싸움을 했는데, 백룡이 청룡을 습격하기 위하여 뚫었다는 전설이 전해지고 있어."

"싸리나무보다는 용이 바위를 뚫었다는 전설이 더 어울린다."

도도가 용이 바위를 뚫는 흉내를 냈습니다.

주변을 둘러보는 도도에게 까치가 따라오라는 듯 날개를 폈습니다. 도도가 까치를 따라 구문소 구경에 나섰습니다.

구문소는 천연기념물 제417호이며 하천 물길의 변화 과정을 연구하는 데 중요한 자료입니다. 구문소의 전기 고생대 지층 및 하식 지형도는 천연기념물로 지정되어 보호되고 있습니다. 바위에서는 물결의 자국과 소금의 흔적, 삼엽충 같은 고생대 생물의 화석이 발견되어 5억 년 전 바닷가의 다양한 생물들과 지질 구조 등을 볼 수 있습니다.

구문소 주위에는 마당소, 삼형제 폭포, 닭 볏 바위 등 구문팔경, 태백 고생대 자연사 박물관이 있습니다.

너덜샘에서 발원한 황지천은 태백시 시내를 거쳐 구문소에서 산을 뚫고 지나며 철암천과 합류하는데, 여기서부터 낙동강이라고 합니다.

하늘 꽃밭 세 평

구운소
동점
석포
송정리천
석포리천
석포면
봉화군
승부역
소천면
봉화군
승부
골포천
서면
울진 방면
경상북도
회룡천
소천면
소천면
소천
봉화군
현동천
현동
덕신천
영양 방면
운곡천
임기
녹동
가천
춘양

도도와 까치가 구문소를 지나 산속에 있는 작은 마을 가까이에 도착했을 무렵, 어디선가 몹시 구슬픈 강아지 울음소리가 들려왔습니다. 강아지의 목소리는 너무 슬퍼서 듣고만 있어도 눈물이 날 지경이었습니다.

도도와 까치는 소리가 나는 곳으로 갔습니다. 가까이 가 보니 인가가 없는 산속에 도도보다 조금 큰 강아지가 나무에 묶인 채 바들바들 떨고 있었습니다.

"앗, 저기 강아지가 나무에 묶인 채 울고 있어."

도도와 까치가 강아지에게 다가가서 근심 어린 목소리로 말했습니다.

승부역은
하늘도 세평이요
꽃밭도 세평이나
영동의 심장이요
수송의 동맥이다

"강아지야 괜찮아. 우리는 너를 해치지 않아."

도도와 까치를 본 강아지가 슬픈 목소리로 도움을 청했습니다.

"나 좀 풀어 줘. 너무 무서워."

"그래, 걱정 마. 우리가 풀어 줄게. 그런데 어쩌다가 나무에 묶여 있게 된 거야?"

"며칠 전에 우리 주인이 나를 여기에 묶어 놓고 갔는데, 오질 않아."

"그럼, 나무에 묶인 채로 계속 이렇게 있었던 거야?"

"응, 어서 주인이 와서 나를 데리고 갔으면 좋겠어. 너무 무섭고 배고파."

"강아지야, 우리가 도와줄게."

도도와 까치는 나무에 묶인 줄을 발톱으로 긁고 이로 물어뜯으며 힘을 합쳐 줄을 끊었습니다.

"얘들아, 고마워. 너희들 아니었으면 꼼짝없이 여기서 굶어 죽었을 거야."

줄이 끊어지자 강아지는 털썩 주저앉으며 몸을 덜덜 떨었습니다. 기운이 없는지 목소리엔 힘이 없었습니다.

"아무도 없는 곳에서 며칠 동안 묶여 있었으니 얼마나 무서웠을까."

"그러게. 먹지도 못했을 텐데, 배도 많이 고플 거야. 근처에 먹을 게 있나 찾아볼게."

까치가 먹을 것을 찾아 날아가자 도도는 강아지를 품어 주었습니다. 까치가 자신에게 그랬듯이 떨고 있는 강아지의 체온을 높여 주어 보호하려는 것입니다. 강아지는 도도에게 기대 편안하게 숨을 쉬었습니다.

"주인이 얼른 나를 데리러 왔으면 좋겠어. 주인이 보고 싶어."

도도가 강아지를 보며 깊은 한숨을 내쉬었습니다. 도도는 사람에게서 버려졌기 때문에 사람이 싫고 무서웠습니다. 하지만 강아지는 여전히 주인을 그리워하고 있었습니다.

"강아지야, 너의 주인은 오지 않을 거야. 그러니 기다리지 마."

"아니야. 우리 주인은 곧 나를 데리러 올 거야. 나는 주인이 이름도 지어 줬어. 내 이름은 흰둥이야."

그러고 보니 강아지는 하얀 털이 복슬복슬하고 눈이 크고

동그란, 무척 귀여운 모습이었습니다. 흰둥이가 도도를 쳐다보았습니다. 그 눈빛이 너무 순하고 약해 보여서 도도는 슬펐습니다. 도도는 강아지를 위로해 주고 싶었습니다.

까치가 재빨리 강가로 가서 물을 머금고 와 흰둥이 입에 넣어 주었습니다. 흰둥이는 까치가 주는 물을 허겁지겁 마셨습니다.

그때 산에 사는 토끼를 만났습니다. 산토끼는 도도와 강아지를 보자 경계를 하며 숨었습니다.

"산토끼야, 잠깐만 기다려. 우리 좀 도와줘."

도도는 재빨리 산토끼에게 달려가 자신들의 이야기를 했습니다.

"어떻게 그럴 수가 있어? 참 나쁜 사람들이네. 일단 우리 집으로 가자."

도도의 이야기를 들은 산토끼는 도도와 흰둥이를 자신이 사는 동굴 속으로 데려 갔습니다. 까치가 깍깍 울며 따라갔습니다.

그런데 흰둥이의 걸음걸이가 이상했습니다. 처음엔 기운이 없어서 그런가 보다 했는데, 계속 다리를 쩔뚝거리며 제대로 걷는 것이 힘들어 보였습니다.

“흰둥아, 다리가 아프니? 아니면 기운이 없어서 그래?”

도도가 걱정스럽게 물었습니다.

“응, 이곳에 묶여 있기 며칠 전에 자동차에 부딪쳐서 다리를 다쳤어.”

“그럼, 다리를 다친 너를 주인이 이곳에다 버렸단 말이야?”

도도와 까치, 산토끼가 동시에 놀랐습니다. 흰둥이는 슬픈 듯 아무런 말도 하지 않았습니다.

“정말 나쁜 사람이구나. 벌 받을 거야!”

산토끼가 버럭 화를 냈습니다. 도도는 아무 말 없이 흰둥이를 부축했습니다. 흰둥이는 도도에게 의지한 채 간신히 걸음을 옮겼습니다. 다리를 다쳐 아픈 데다 며칠 동안 아무 것도 먹지 못한 흰둥이는 토끼가 사는 동굴에 도착하자마자 쓰러지고 말았습니다.

“흰둥아, 정신 차려!”

도도가 놀라 소리쳤습니다. 까치가 얼른 밖으로 나가 온몸에 물을 묻혀 와서 흰둥이의 얼굴을 적셨습니다. 흰둥이는 간신히 눈을 떴습니다.

"이러다 큰일 나겠네. 조금만 기다려."

산토끼가 집 안에 있던 먹을 것을 찾아서 흰둥이에게 주었습니다. 까치는 사람들이 버린 종이컵에다가 물을 담아 와 흰둥이에게 먹였습니다. 밤에는 도도와 산토끼가 흰둥이 곁에서 체온을 나누며 잠을 잤습니다. 며칠 동안 도도와 까치, 산토끼의 도움을 받은 흰둥이가 정신을 차렸습니다. 이제는 흰둥이 스스로 가까운 곳에 있는 냇가로 나가 물도 마실 수 있게 되었습니다.

"고맙다, 친구들아. 너희들 덕분에 살 수 있었어. 너희들이 나를 살렸으니 생명의 은인이야. 정말 고마워."

"건강해졌으니 너무 좋다."

"그래, 흰둥아. 이제 걱정하지 마. 우리가 곁에 있어 줄게."

도도와 까치, 산토끼가 흰둥이를 위로하며 기뻐했습니다.

흰둥이는 처음엔 주인이 언젠가는 자신을 찾으러 오리라는 희망을 갖고 있었지만, 이제는 주인이 자신을 버렸다는 생각에 슬퍼지곤 했습니다. 흰둥이의 주인은 흰둥이가 다리를 다치자 치료비가 너무 많이 든다며 흰둥이를 내다 버린 것이었습니다. 혹시 길을 찾아 집으로 올지도 모른다며 작고 어린 흰둥이를 나무에 묶어 놓고 간, 참 나쁜 사람입니다.

흰둥이가 건강해지자 산토끼가 마을을 구경시켜 주겠다며 데리고 나갔습니다. 그 사이에 나무들은 더욱 푸르러졌습니다. 산토끼가 데려간 작은 마을에는 기찻길이 있고 조그만 기차역이 있었습니다.

"산토끼가 또 왔네. 귀여워라."

"이번에는 친구들까지 데리고 왔네."

사람들이 산토끼를 알아보며 아는 척을 했습니다. 그럴 때마다 산토끼는 귀를 쫑긋거렸습니다.

산토끼를 아는 마을 사람이 빵을 사서 산토끼와 친구들에게 나눠 주었습니다. 마침 배가 고팠던 도도와 흰둥이가 빵을 맛있게 먹었습니다. 참 고마운 사람입니다. 산토끼는 자주 기차역으로 와 사람들에게서 먹을 것을 얻어먹곤 하였던 모양입니다.

산토끼가 친구들에게 기차역에 대해 설명해 주었습니다.

"여기는 승부역이라는 곳이야. 옛날에는 이 마을에 부자들이 많이 살아서 부자 마을이라는 뜻의 승부리라고 하는 거래."

승부역은 경상북도 봉화군 석포면 승부리에 있는 영동선

역입니다. 승부역에 있는 영동선 철도 개통 기념비는 문화재청 지정 등록 문화재 제540호로 지정되었습니다.

역 구내에는 다음과 같은 글귀가 바위에 새겨져 있습니다.

승부역은
하늘도 세 평이요
꽃밭도 세 평이나
영동의 심장이요
수송의 동맥이다

산토끼가 승부역 근처에 가자 강아지 한 마리가 달려와 산토끼에게 아는 척을 하였습니다.

"삼발아, 잘 있었어?"

산토끼도 반가워서 강아지에게 다가가 얼굴을 비볐습니다. 강아지는 산토끼 친구들을 보자 꼬리를 마구 흔들며 반가워했습니다. 산토끼가 친구들에게 강아지를 소개했습니다.

"이 역에서 사는 삼발이야. 삼발이는 사람들이 산에다 놓은 올무에 걸려서 죽어 가고 있었는데 마을 사람에게 발견되었어. 그 사람이 삼발이를 마을로 데려 왔는데, 마침 역에서 근무하는 역무원들이 보고 가엾다면서 데려와서 치료도 해 줬어. 지금은 역무원들에게 사랑을 담뿍 받으며 살고 있단다."

•영동선 개통 기념비

그러고 보니 강아지는 한쪽 다리 일부가 잘려나가 다리 세 개로 움직이고 있었습니다. 하지만 무척 활발했습니다.

"정말 좋은 사람들이네."

"떠돌지 않고 살 집이 생겼으니, 정말 잘됐다."

도도와 흰둥이가 강아지에게 축하의 말을 전했습니다.

"마을 사람이 아니었으면 나는 산에서 올무에 걸린 채 죽었을 거야. 어? 너도 다리를 다쳤구나. 많이 아파?"

삼발이가 흰둥이의 다리를 보았습니다.

"응, 많이 아팠는데 지금은 거의 다 나았어. 이렇게 절뚝이면서 걸을 수 있어."

"정말 다행이야. 나는 다리 세 개로도 뛰어다녀. 너도 익숙해지면 나처럼 뛰어다닐 수 있을 거야. 그리고 곧 너를 사랑해 주는 주인도 만날 수 있을 거야."

삼발이가 흰둥이를 위로했습니다.

"그래, 고마워."

흰둥이는 삼발이 말에 슬픔이 조금 사라졌습니다.

강아지나 고양이를 기르다가 버리는 사람도 많지만, 삼발이처럼 다친 개를 데려다가 치료해 주고 가족처럼 함께 사는 좋은 사람들도 많습니다.

•산비탈 아래 작은 승부역. 기찻길 난간 아래로 강이 흐른다.

삼발이는 금세 친구들과 친해져서 승부역에 관한 이야기를 들려주었습니다.

"이곳은 깊은 산골인데다 역 근처에만 아주 작은 마을이 있어서 역을 이용하는 사람이 거의 없었대. 그런데 1999년 겨울부터 눈꽃 순환 열차가 운행되기 시작하면서 사람들이 다시 기차를 타기 시작했어. 깊은 산속에 있는 마을을 궁금해 하는 사람들도 오고, 겨울의 멋진 풍경을 보기 위해서도 오지. 기차에서 사람들이 내리면 사람들을 반갑게 맞는 게 내 임무야."

삼발이는 역무원으로서의 자기 역할을 이야기하면서 세 다리로 신나게 뛰었습니다. 삼발이가 뛰자 친구들도 따라서 뛰기 시작했습니다. 기차가 기적 소리를 울리며 지나갔습니다. 아름다운 풍경입니다.

승부역에서 삼발이와 재미있는 시간을 보낸 친구들은 산토끼와 삼발이에게 작별 인사를 나누었습니다.

"산토끼랑 삼발이와 헤어지려니 섭섭하네. 우리는 다시 강을 따라 여행을 가야 하거든."

"그새 정이 많이 들었어. 삼발이도 만나서 반가웠어."

도도와 까치, 흰둥이는 산토끼, 삼발이와 헤어지는 것이 섭

섭했습니다.

“우리도 너희들 만나서 반가웠어. 다치지 말고 건강하게 여행 잘 해.”

산토끼와 삼발이도 아쉬운 작별의 인사를 건넸습니다.

정신문화의 성지 도산서원

도산면
고리천
405km
안동시
토계천
400km
도산
395km
도산면
동계천
390km
도산서원
구계천
녹진면
385km
예안면
380km
375km
임동
평은역
와룡면
370km
임동면
용진
진도 방면
365km
360km
이하
355km
임하면
350km

도도와 흰둥이는 까치의 안내를 받아 안동에 있는 도산 서원에 도착했습니다. 도산 서원은 사적 제170호로 조선 중기 시대 문신이자 학자인 퇴계 이황의 학문과 덕행을 기리기 위해 만든 서원입니다. 퇴계는 이황의 호입니다.

"와, 무척 큰 집이 있네. 이곳은 뭐하는 곳이지? 궁금하다."

이곳저곳을 기웃거리며 궁금해 하는 도도를 위해 까치가 도산 서원 앞에 있는 커다란 느티나무로 날아갔습니다. 느티나무에는 참새들이 모여 짹짹거리고 있었습니다.

"얘들아, 이곳이 어떤 곳인지 알려 줄 수 있겠니?"

까치의 말에 참새들이 서로 아는 척을 하며 떠들었습니다.

• 도산 서원 편액

“이곳은 조선 시대에 벼슬을 지낸 퇴계 이황을 위해 지은 곳이야. 학문이 깊었던 이황은 벼슬에서 물러나 이곳에 머물면서 제자들을 가르쳤어. 이황은 높은 벼슬을 했을 때에도 잘난 척하지 않고 재물에 욕심을 내지 않아서 많은 사람들이 존경했대. 짹짹!”

“이황은 죽을 때까지 제자들 교육에 힘쓰면서 2000편이 넘는 시를 썼다잖아. 짹짹!”

“우와, 시를 2000편 이상이나 썼다니 정말 대단하다.”

“그뿐 아니야, 이황은 예의가 바르고 효성도 지극해서 사람들이 본받으며 살았대. 저기 써 있는 글자 보이지? 도산 서원이라고 쓴 것을 편액이라고 하는데, 선조 임금이 글씨 잘 쓰기로 유명한 한석봉에게 쓰게 해서 달아 준 거래. 짹짹!"

한석봉의 이름은 한호이며 석봉은 호입니다. 조선 선조 때의 명필가로 어두운 밤에 불을 끈 채 어머니는 떡을 썰고 석봉이 글씨를 쓴 이야기는 널리 알려져 있습니다.

참새들은 저마다 짹짹거리며 도산 서원에 대한 이야기를 까치에게 들려주었습니다.

"애들아, 고맙다. 너희들이 많은 것을 알려 주니까 내가 갑자기 똑똑해진 거 같아. 얼른 내려가서 친구들에게 이야기해 주어야겠어."

까치는 참새들에게서 들은 이야기를 해 주기 위해 도도와 흰둥이가 있는 곳으로 날아갔습니다. 도도와 흰둥이는 귀를 쫑긋 세우고 까치의 이야기를 들었습니다.

"퇴계 이황은 벼슬을 내려놓고 1560년에 도산 서당을 지었대. 이곳에서 7년간 서당에 기거하며 독서와 저술에 전념하면서 많은 제자들을 가르쳤대. 이황의 학문은 너무도 깊어서, 지금도 우리나라 사람들뿐만 아니라 세계적으로 널리 공부하고 배우고자 하는 사람들이 많이 생겨나고 있다니 정말 자랑스러워."

"그렇구나. 자부심이 생긴다."

"이곳에 있으면 저절로 공부가 될 것 같아."

"그렇지? 우리 유물 전시관에 가 보자."

도도와 흰둥이가 뿌듯해 하는 모습을 보며 까치가 앞장섰습니다. 서원 입구 왼쪽에는 유물 전시관인 '옥진각'이 있는데, 이황이 직접 사용했던 유품들이 전시되어 있습니다.

도산 서원은 도산 서당과 도산 서원으로 구분됩니다. 도산 서당은 이황이 거처하면서 제자들을 가르쳤던 곳이고, 도산

도산 서원 전경

서원은 이황이 죽은 후에 건립되었습니다.

도산 서원에서는 매년 봄과 가을에 '향사례'가 치러집니다. 향사례는 퇴계 이황의 덕을 기리고 추모하는 전통적인 제사로, 500여 년간 이어지고 있습니다.

사대부 신분 문화가 철저하던 조선 시대에 이황은 신분을 따지지 않고 똑똑한 사람을 가르치기도 하였습니다.

이황이 풍기에서 군수를 하던 시절, 천민인 대장장이 배순이라는 사람이 있었는데, 똑똑하기도 하고 공부하고자 하는 향학열이 높았습니다. 이 사실을 안 이황은 백운동 서원에서 대장장이 배순을 가르쳤습니다.

이후 이황이 풍기를 떠나자 배순은 천민인 자신에게 글을 가르쳐 준 이황에게 고마운 마음을 갚고 싶었습니다. 배순은 대장장이였으므로 쇠를 녹여 이황의 모습을 만들었습니다. 그러고는 아침저녁으로 이황의 철상 앞에 향을 피운 후 그 앞에서 책을 읽었습니다. 20년의 세월이 흐른 뒤 이황이 타계하였다는 소식을 들은 배순은 이황의 철상을 모셔 놓고 제사를 지낸 것은 물론 3년 동안 상복을 입고 지냈다고 합니다.

"그런데 너희들 그거 알아? 이황은 사람들이 쓰는 1000원짜리 지폐의 모델이야."

흰둥이가 재밌다는 표정을 지었습니다.

"정말이야? 어떻게 알았어?"

"예전에 주인이 하는 말을 들었어. 1000원짜리 돈의 모델이 이황이라고 했던 말이 기억난 거야."

"흰둥이가 아주 기억력이 좋구나. 그런 것도 다 기억하고."

도도와 까치의 말에 흰둥이는 기분이 좋아졌습니다.

도도와 흰둥이는 까치의 안내를 받으며 서원을 둘러보았습니다. 도도는 다리가 아픈 흰둥이를 위해 천천히 걸었습니다. 도도와 흰둥이의 등 뒤로 노을이 서서히 타오르고 있었습니다.

달빛 비치는 월영교

평은역
375km
임동
와룡면
370km
임동면
진도 방면
용진
365km
360km
이하
355km
임하면
350km
월영교
안동댐
안동시
안동
용상
임하댐
소야천
남선면
길안천
340km
미천
335km
운산
와룡면
풍산천
330km
남후면

도산 서원을 떠난 도도와 흰둥이는 까치와 함께 안동댐을 지나갔습니다.

안동댐은 낙동강 하류의 홍수 피해를 줄이고 농업과 공업용수는 물론 생활용수 확보를 목적으로 1976년에 건설된 다목적댐입니다. 안동댐은 청정 수력 발전으로 연간 1억 5800만㎾h의 전력을 생산하여 경상북도 북부 지역에 공급하고 있습니다.

도도와 친구들은 어두운 밤에 월영교에 도착했습니다. 월영교는 안동 물 문화관과 낙동강 건너편 안동댐 민속 경관지를 연결하는 나무다리입니다. 나무로 만든 다리로는 우리나라에서 가장 긴 다리입니다.

다리 이름을 월영교라고 한 것은 안동 지역에 달과 관련된 이야기가 많고, 또 안동댐 민속 경관지에 월영대라고 적힌 바위 글씨가 있기 때문입니다. 월영대는 경상북도 유형 문화재 제22호입니다.

달빛이 비친다는 뜻의 월영교에는 화려한 조명이 아름답게 켜져 있었습니다. 밤안개 가득한 강물에 비친 조명은 물결에 흔들거리며 신비롭게 보였습니다.

"우와, 너무나 멋지다."

"그렇지? 다리를 나무로 만들었는데 모양도 특이하네."

도도와 흰둥이, 까치는 월영교를 보며 감탄하였습니다.

월영교는 미투리(삼이나 모시 껍질로 삼은 신) 모양을 본 따 만들었습니다.

"우리도 이곳을 건너 보자. 무척 아름다운 다리야."

도도는 흰둥이가 무리하지 않도록 옆에서 보조를 맞추어 가며 걸었습니다. 까치는 벌써 다리 중간에 있는 정자인 월영정에 도착해서 주변을 둘러보고 있었습니다. 도도와 흰둥이도 물속에 비친 달이 불빛들과 어우러져 마치 환상의 세계에 온

•안동 다목적 댐

• 월영교와 월영정

것처럼 아름다운 월영정에 도착했습니다.

도도와 흰둥이, 까치는 월영정에서 달빛과 조명으로 가득한 풍경을 구경하다가 다리를 건너갔습니다. 다리를 건너면 '원이 엄마 테마 길'이 이어집니다.

"어? 이 길은 무슨 길이지?"

흰둥이가 궁금한 듯 고개를 갸웃거렸습니다.

"응, 여긴 원이 엄마 테마 길이라는 곳이야. 내가 너희들보다 먼저 월영정에서 쉬고 있는데, 사람들이 원이 엄마의 사랑 이야기를 하더라고."

"그래? 궁금하다. 이야기해 줘."

도도가 눈을 동그랗게 떴습니다. 까치가 깍깍거리며 원이 엄마의 이야기를 시작했습니다.

'원이 엄마'는 조선 중기 고성 이씨 문중의 며느리입니다. 안동에서 살던 중에 남편이 젊은 나이로 세상을 떠나게 되었습니다. 원이 엄마는 남편이 세상을 떠날 때 임신 중이었습니다. 남편을 잃은 슬픔이 너무나 컸던 원이 엄마는 자신의 머리카락을 잘라 정성스럽게 미투리로 만들었습니다. 그러고는 사랑하는 남편에게 편지를 써서 미투리와 함께 관 속에 넣었습

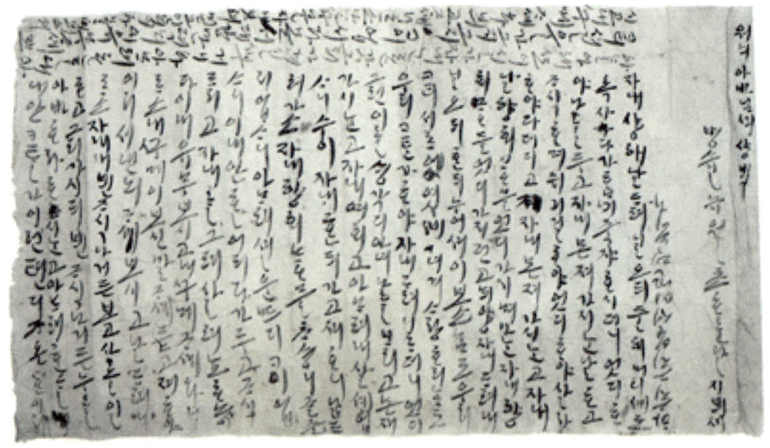

원이 엄마 편지

니다.

그 편지는 400년이 훨씬 지난 1998년에 무덤에서 발견되었습니다. 원이 엄마가 죽은 남편에게 쓴 편지에는 함께 살던 남편을 그리워하는 마음, 임신한 몸으로 배 속 아이를 생각하며 느끼는 서러움, 남편 없이 살아갈 것에 대한 막막함, 남편과 꿈에서라도 만나 정담을 나누고 싶다는 애절한 마음이 담겨 있었습니다.

이 같은 원이 엄마와 남편의 애절하고 숭고한 사랑을 기념하기 위하여 월영교를 미투리 모양으로 지은 것입니다.

"너무 슬프다."

• 월영정

흰둥이가 눈물을 흘렸습니다.

"가슴 아프지만 아름다운 이야기야."

도도와 까치는 흰둥이의 마음이 진정될 때까지 기다렸습니다.

"얘들아, 우리 오늘 너무 많이 걸었어. 이제, 밤도 깊었으니 잠 잘 곳을 찾아보자."

도도와 흰둥이, 까치는 원이 엄마의 사랑이 담뿍 담긴 원이 엄마 테마 길 근처에서 아늑한 곳을 찾아 깊은 잠을 잤습니다.

6

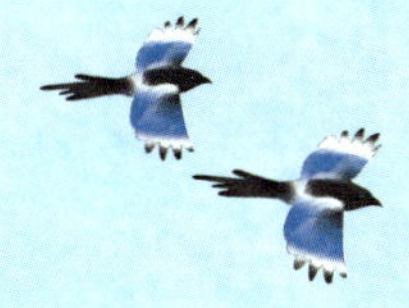

전통을 간직한 하회 마을

(중요 민속자료 제122호)

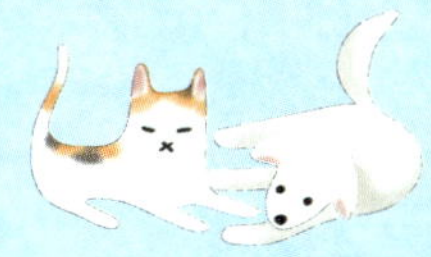

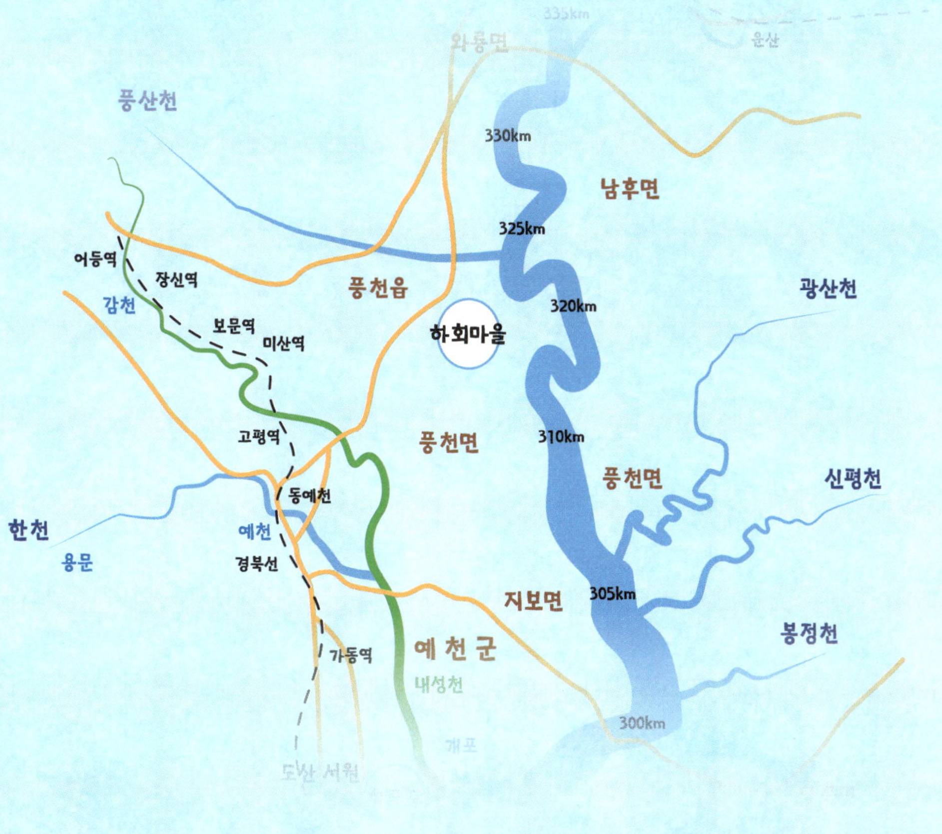

안동 하회 마을에 도착한 도도와 흰둥이가 낯설다는 듯 두리번거렸습니다.

"이 마을은 그동안 우리가 봐 왔던 도시들과는 좀 다른 것 같은데?"

다른 도시의 건물들과는 다르게 담장이 있고, 솟을대문에 멋진 기와로 된 집들을 보면서 도도가 눈을 동그랗게 떴습니다.

"마당 안에 있는 나무들도 멋지다."

흰둥이가 열린 대문 안으로 들어가며 도도를 불렀습니다. 마을에는 넓고 큼직한 기와집이 많았습니다. 처음 보는 모습

에 도도와 흰둥이는 흥분한 듯 냄새를 맡으며 다녔습니다.

도도와 흰둥이, 까치가 도착한 곳은 600년 동안 전통적이면서도 독창적인 문화를 간직한 하회 민속 마을입니다.

"얘들아, 이곳은 하회 마을이라고 하는 곳인데, 마을 전체가 옛날 전통 모습을 그대로 갖추고 있어서 세계 문화유산으로 등재되었어."

까치의 말에 도도와 흰둥이가 깜짝 놀랐습니다.

"대단하다. 정말 멋진 마을이구나."

하회 마을에는 문화재로 지정된 건축물 보물 2점, 중요 민속 문화재 11점, 국보 2점이 있습니다.

유네스코는 "하회 마을의 전통 건축물들이 조화를 이루고 있고, 예술 작품, 조선 시대 유학자들의 학술과 문화적 성과, 공동체 놀이, 세시풍속과 관·혼·상·제례 등 전통이 오랜 세월 동안 온전하게 보존되어 있다."며 세계 문화유산 등재 이유를 밝혔습니다.

까치는 마을에서 가장 크고 높아 보이는 나무에 올라가 마을을 둘러보았습니다. 까치가 올라간 나무는 600년 이상 된 느티나무였습니다. 도도와 흰둥이도 까치를 따라 마을에서 가장 높은 곳으로 올라갔습니다. 높은 나무에서 마을을 둘러보던 까치가 소리쳤습니다.

"얘들아, 이곳에서 보니까 강물이 구불구불한 모양으로 마을을 감싸 안고 흐르고 있어."

도도와 흰둥이는 까치가 앉아 있는 나무 아래에서 낙동강을 내려다보았습니다. 나지막한 산으로 둘러싸인 마을을 물길이 휘감아 도는 모습은 독특하고도 인상적이었습니다.

"신기하다. 물길이 어떻게 저런 모습으로 흐를 수 있지?"

"정말 이곳은 너무도 멋진 곳이야. 이런 곳에서 살면 참 좋

• 하회 마을 보호수

을 것 같아.”

도도와 흰둥이가 감탄하였습니다.

낙동강이 마을을 휘감아 흐른다는 뜻에서 마을 이름도 ‘하회’라고 합니다.

조선 중기의 문신인 서애 유성룡과 겸암 유운룡 형제가 이곳에서 태어났습니다. 임진왜란 때 영의정을 지내며 선조의 피난길에 따라갔던 유성룡은 벼슬을 그만두고 하회 마을로 귀향한 후에 『징비록』을 썼습니다.

『징비록』은 임진왜란의 참혹한 수난을 거울삼아 다시는 그

• 하회 별신굿 탈놀이 전수 교육관

런 슬픈 역사를 되풀이하지 않도록 경계하는 의미에서 쓴 것입니다. 국보 제132호인 『징비록』은 임진왜란사를 연구하는 데 대표적인 역사 자료입니다.

까치가 도도와 흰둥이에게 물었습니다.

"너희들 하회탈 알아? 하회 마을은 하회 탈춤도 아주 유명해."

"하회 탈춤이 뭐야?"

도도의 물음에 까치가 하회 탈춤 이야기를 시작하였습니다.

"하회 탈춤은 사람들이 각시, 양반, 부네, 중, 초랭이, 선비, 이매, 백정, 할미의 탈을 쓰고 평민들이 양반 사회를 비판하고 꾸짖는 역할을 하며 탈춤을 추는 거야."

하회탈은 국보 제121호로 지정되어 국립 중앙 박물관에 소장되어 있습니다. 한국인의 얼굴로 칭송될 만큼 가치가 뛰어난 하회탈은 하회 마을에서 정월대보름 때 하던 별신굿 놀이에 썼던 것입니다.

하회탈은 현재 남아 있는 '각시, 양반, 부네, 중, 초랭이, 선비, 이매, 백정, 할미' 아홉 가지 외에 '총각 탈, 떡다리 탈, 별채 탈' 세 가지가 더 있었는데, 일제 강점기 때 분실되었다고 합니다.

"하회탈은 우리나라에서 가장 오래된 탈이야."

까치가 자랑스럽게 말했습니다.

우리나라의 가면은 바가지나 종이로 만들고 탈놀이가 끝나면 태워버리는 경우가 많아 오래 보존하기가 어렵습니다. 하지만 하회탈은 오리나무로 만들고 표면에 옻칠을 여러 겹 하기 때문에 색깔도 나면서 오래도록 보존이 가능합니다.

"이곳을 여행할 때 탈을 쓰고 하는 놀이를 본 적이 있는데, 신기하다고 느낀 것이 있어. 뭔지 알아?"

까치의 말에 도도와 흰둥이가 "뭔데? 뭔데?" 하는 표정을 지으며 궁금해 했습니다.

"각기 탈마다 이름이 있어. 학문을 뽐내며 과시하는 양반탈은 위로 향하면 웃는 얼굴, 아래를 향하면 성낸 얼굴로 표정이 변해. 각시탈은 오른쪽 눈이 왼쪽 눈보다 가늘어서 얼굴을 살짝 돌리면 상대에게 눈을 흘기는 것처럼 보여. 신기하지?"

중은 악귀를 쫓는 부적과 같은 역할을 하고, 할미는 고단하게 살아온 한을 베틀로 대신합니다. 선비들의 모순된 행동을 비웃으면서 우스꽝스럽게 하는 탈은 초랭이입니다. 턱이 없는 가면으로 길고 가늘게 축 쳐진 눈웃음이 인상적인 이매는 선비의 하인 역할을 합니다. 이 외에 백정, 부네, 선비 등의 탈들도 제 역할에 맞게 만들어졌는데, 하회 마을에서는 이 탈들을 신성시합니다.

"탈춤놀이 정말 재밌겠다. 구경하고 싶다."

"까치야, 너는 좋겠다. 그렇게 재미있는 탈놀이 춤을 보았으니 말이야."

도도와 흰둥이가 부러워하자 까치가 깍깍 소리를 냈습니다.

"나무 위에서 탈춤을 보는데 너무 재밌어서 나도 모르게 깍깍 소리를 내었단다. 정말 재밌어."

"그렇게 재미있는 탈춤을 볼 수 없어 아쉽다."

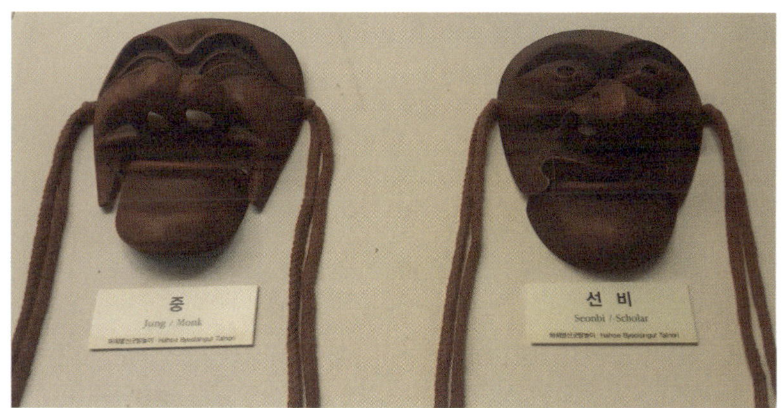

• 하회탈 중 중과 선비 탈

도도와 흰둥이가 하회 탈춤을 볼 수 없어 진심으로 아쉬워하자 까치가 미안한 듯 위로했습니다.

"지금은 볼 수 없지만, 언젠가 다시 이곳을 오게 된다면 볼 수 있을 거야. 그러니 다음에 또 오자."

"그런데, 그렇게 신기한 탈을 누가 만들 생각을 했을까?"

흰둥이가 궁금한 듯 고개를 갸웃거렸습니다. 까치가 하회탈에 얽힌 이야기를 하였습니다.

"하회탈은 허 도령이라는 사람이 만들었대. 허 도령에게는 사랑하는 아가씨가 있었는데, 어느 날 허 도령이 탈을 만들라는 신의 계시를 받았다지 뭐야. 허 도령은 탈을 만들기 위해

•하회탈 중 양반과 백정 탈

혼자서 외딴 집으로 가야했대. 아가씨를 만난 허 도령은 탈을 완성하고 오기 전에는 절대로 자신을 찾지 말고 자신이 올 때까지 기다리라고 했어. 그런데 오래도록 허 도령이 오지 않는 거야. 기다리다 지친 아가씨는 허 도령이 너무 보고 싶어서 허 도령을 찾아갔지. 아가씨는 차마 문을 열지는 못하고 문구멍을 뚫어서 방 안에 있는 허 도령을 보고 있었어. 탈을 만들다가 뚫어진 문구멍으로 아가씨가 자신을 보고 있다는 것을 안 순간, 허 도령은 그만 부정 타서 죽고 말았대."

"너무 슬프다."

"정성을 다해 만들었기 때문에 하회탈이 세계적인 탈이 될 수 있었던 거야."

하회 별신굿 탈놀이(국가 무형 문화재 제69호)

탈을 쓴 광대가 양반을 향해 온갖 쓴소리를 내뱉는 하회 별신굿 탈놀이는 약 500년 전부터 굿과 더불어 서낭신을 즐겁게 하기 위한 탈놀이입니다. 하회 별신굿 탈놀이는 백성들의 놀이로 양반들에게 고통받고 살던 백성들의 억눌린 한을 풀어내는 것이기도 합니다.

하회 별신굿 탈놀이 놀이마당은 각시광대가 무동을 탄 채 풍악을 울리는 무동 마당, 액풀이를 하는 주지 마당, 백정 마당, 쪽박을 허리에 차고 흰 수건을 머리에 쓴 할미 마당, 대사 없이 진행되는 파계승 마당 등으로 진행됩니다.

하회 마을에서는 백성들의 놀이인 하회 별신굿 탈놀이 외에 선비들이 강 위에서 시를 지으며 불꽃놀이 축제를 벌인 '낙화놀이'도 있습니다. '낙화유' 또는 '줄불놀이'라고도 하는데, 해마다 한여름 밤에 하회의 선비들이 강 위에 배를 띄우고 시를 지으면서 불꽃놀이를 하던 것입니다. 시 한 수가 지어질 때마다 부용대 정상에서 불붙인 솔가지 묶음을 절벽 아래로 던지면 백사장과 배 위의 사람들이 일제히 "낙화야!"라고 크게 환성을 질렀다고 합니다.

•부용대

하회 마을의 보물들

옥연정사
부용대
겸암정사
낙동강
탈놀이 전수 교육관
낙고재
만송정 숲
원지정사
목화당
삼신당신록
북촌댁
빈연정사
입암 고택
하동 고택
작천 고택
충효당
가온당
남촌댁
지산 고택
화왕사
주일재
영모각
염행당
회재 고택
가경재

병산 서원(사적 제260호)

퇴계 이황의 제자인 서애 유성룡이 건립하여 후진을 양성하던 서원이다. 고려 말부터 이어져 온 풍산 유씨 가문의 서당인 '풍악 서당'이 그 전신이다. 복례문, 만대루, 동재, 서재, 입교당, 장판각, 존덕사, 전사청, 고직사 등이 있다. 병산 서원은 철종이 현판을 주어 지정한 사액 서원으로 유성룡과 그의 셋째 아들 유진의 위패가 모셔져 있다. 병산 서원에는 배롱나무가 특히 많은데, 배롱나무는 강직한 선비 정신을 의미한다고 하여 유성룡이 특히 좋아했던 나무이다.

•병산 서원

입암 고택(보물 제306호)

입암 유중영의 호를 따서 입암 고택 또는 양진당이라고 부른다. 현재 풍산 유씨 겸암파의 대종택이다. 사랑채는 고려 시대의 건축 양식이며, 안채는 조선의 건축 양식으로 고려와 조선의 건축 양식이 공존하는 고택이다.

•입암 고택(양진당)

충효당(보물 제414호)

조선 시대 사대부 양식의 고택이다. 충효당 내에는 영모각이 별도로 건립되어 서애 유성룡의 저서와 유품이 전시되고 있다.

•충효당

북촌댁(중요 민속 문화재 제84호)

북촌댁은 마을 북쪽의 99칸 집으로 불리었다. 사랑채와 안채, 별당, 사당, 대문간 채를 두루 갖춘 전형적인 사대부 집의 건축 양식이다. 주요 건축물로는 큰 사랑채인 북촌 유거와 중간 사랑인 화경당, 작은 사랑인 수신와를 비롯하여 안채 등이 있고, 유이좌의 유품이 몇 점 남아 있다.

•북촌댁 내 큰 사랑채인 북촌 유거

원지정사(중요 민속 문화재 제85호)

조선 중기의 정자 건축물이다. 유성룡이 독서도 하고 제자들을 가르치기 위해 세웠다. 유성룡이 34세 때 은거하였고, 병환 중 요양하던 곳이다. '마음을 다스리고 번거로움을 제거하기 위함'이란 뜻을 담고 있다. 서재로 사용하기 위한 정사와 독서하고 학문을 연마하다가 자연을 벗 삼아 휴식을 취할 수 있는 연좌루가 있다.

•원지정사

빈연정사(중요 민속 문화재 第86호)

원주 목사를 지낸 겸암 유운룡이 서재로 사용하던 집이다. 부용대의 절벽 아래 깊은 곳을 빈연이라고 하였는데, 이것을 따서 이름 지었다.

•빈연정사

작천 고택(중요 민속 문화재 제87호)

작천 고택 또는 유시주 가옥이라고도 부른다. 조선 중기의 건축 양식을 따랐으며, 1934년 대홍수로 1채가 유실되고 현재는 일자형의 안채만 남아있다. 사랑에서 안채로 이어지는 앞마당에는 작은 토담을 쌓아, 사랑손님과 안채의 부녀자가 마주치는 일이 없도록 만든 것이 특징이다.

• 작천 고택

옥연정사(중요 민속 문화재 제88호)

서애 유성룡이 1605년 낙동강 대홍수로 하회의 살림집을 모두 잃은 뒤 이곳에 은거하여 『징비록』을 저술하였다. 내부에는 서당으로 사용하던 세심재와 서애가 거주하며 『징비록』을 지었던 원락재가 있다.

• 옥연정사

겸암정사(중요 민속 문화재 제89호)

겸암 유운룡이 학문 연구와 후진 양성을 위해 건립한 조선 중기 양식의 정자이다. 정자는 2층 누각 형식으로 되어 있다. 겸암정이라는 현판은 스승인 이황의 글씨라고 전해진다.

• 겸암정사

남촌댁(중요 민속 문화재 제90호)

99칸의 건물로 하회 마을 남쪽 사대부의 가옥을 대표하였다. 1954년 화재로 모두 불타고 현재는 대문간채와 별당, 사당만 남아 있다.

• 남촌댁

주일재(중요 민속 문화재 제91호)

사랑채, 안채, 사당, 광채로 구성되어 있다. 마당에 들어서면 정면으로 사랑채가 보이고, 왼편으로는 내외 담이라고 하는 작은 담장이 있다. 담장을 안채로 통하는 문 앞에 쌓아서 안채가 보이지 않게 하였다.

•주일재

하동 고택(중요 민속 문화재 제177호)

안채와 사랑채가 한 채로 이어져 있는 납도리집이다. 하회 마을 동쪽에 있다고 하여 하동 고택이라고 불린다. 조선 후기 주택 연구에 좋은 자료이다.

•하동 고택

만송정(천연기념물 제473호)

안동 하회 마을 강변을 따라 펼쳐진 넓은 모래 퇴적층에 있는 소나무 숲으로 겸암 유운룡이 직접 심었다고 전해진다. 소나무 1만 그루를 심었다고 하여 만송정이라 한다. 이 숲은 여름에는 홍수 때 수해를 막아 주고 겨울에는 세찬 북서풍을 막아 주며, 마을 사람들의 휴식 · 문화 공간으로 활용된다.

•만송정

봉정사

의상 대사의 제자인 능인이 천등산에 창건한 사찰이다. 극락전은 한국에서 가장 오래된 목조 건물이며 국보 제15호에 지정되어 있다. 대웅전은 보물 제55호, 화엄강당은 보물 제448호, 고금당은 보물 제449호에 지정되어 있다.

•봉정사

이 외에 낙동강 연안의 주요 사적지로는 소수 서원과 부석사가 손꼽힌다.

소수 서원(사적 제55호)

경상북도 영주시 순흥면에 있으며, 처음 세워진 서원이다. 풍기 군수로 부임한 주세붕이 주자학의 전래자인 안향의 학풍을 계승하기 위하여 사당을 짓고 백운동 서원이라고 부른 데서부터 시작되었다. 그러다가 1550년 이곳 군수로 부임하여 온 이황의 건의에 따라 명종이 '소수 서원'으로 사액하였다. 이 서원에는 안향 초상(회헌 영정; 국보 제111호)을 비롯해 대성지성문선왕전 좌도(보물 제485호)와 '소수 서원'이라는 사액 현판이 보관되어 있다.

•안향 초상

•소수 서원

부석사

676년 의상 대사가 창건하였다. 국보 제18호인 무량수전은 고려 때 건조된 건물로, 우리나라에서 가장 오래된 목조 건축물이다. 부석사에는 무량수전 앞 석등(국보 제17호)과 소조여래 좌상(국보 제45호), 조사당(국보 제19호), 조사당 벽화(국보 제46호) 등 모두 5개의 국보가 보존되어 있다.

•무량수전과 석등

8

육지 속의 섬마을 회룡포

한천
용문
예천
경북선
지보면
305km
봉정천
예천군
가동역
내성천
300km
개포
도산 서원
회룡포
지보
단북면
개포
지보면
용궁
금천
290km
다인면
풍양면
삼강 주막
의성군
양정
280km
영강
700리
표지석
풍양
이안천
백원
공덕천

하회 마을을 돌아본 도도 일행은 쉬엄쉬엄 경치를 구경하며 다녔습니다. 비룡산에서 '장안사'에 들러 물도 마시고 햇볕을 쐬며 졸기도 하였습니다.

"우리 물마시고 낮잠도 잤으니 전망대에 올라가 볼까? 전망대에 올라가면 멋진 풍경을 볼 수 있어."

까치의 말에 도도와 흰둥이가 따라 나섰습니다. 산책로를 따라 팔각정 전망대에 오른 도도와 흰둥이는 감탄사를 쏟아냈습니다.

"우와, 너무나 멋진 마을이다."

"동화 속에 나오는 마을 같아. 까치야, 여기가 어디야?"

도도와 흰둥이의 감탄사를 들으며 까치가 날개를 활짝 폈습니다.

"멋지지? 저기 둥글게 원을 그리듯 물돌이(강이나 시내가 땅의 바깥쪽을 감아 도는 형태) 모양으로 둘러싸인 곳은 회룡포라고 해. 정말 동화 속에나 있을 것 같은 마을이지?"

회룡포는 명승 제16호입니다. 낙동강의 지류인 내성천이 둥글게 휘감아 돌아 물돌이 모양으로 은빛의 모래사장을 만들었는데, 그 안에 마을이 있습니다.

"어떻게 저렇게 동그란 마을이 있을 수 있지?"

"일부러 만들려고 해도 저럴 수는 없을 것 같아. 신비롭기까지 하다."

도도와 흰둥이의 감탄이 끊이질 않았습니다. 까치가 흰둥이의 등에 올라타 회룡포의 전설을 이야기하였습니다.

"옛날에 용이 하늘로 날아오르면서 몸을 크게 한 바퀴 돌렸는데, 그때 땅이 파인 자리에 강물이 흘러와서 만들어졌다는 전설이 있어."

"그러고 보니 정말 용이 한 바퀴 돈 것처럼 보인다."

"회룡포 마을에는 현재 9가구가 농사를 지으면서 마을을 지키고 있어. 이곳은 원래 사람이 살지 않았었는데, 고종 때 의성에 살던 경주 김씨 일가가 소나무를 베고 논밭을 개간해서 살기 시작했대. 처음엔 '의성포'라고 했는데 이곳이 물돌이 마을로 유명해지자 사람들이 의성군에 가서 의성포를 찾는 일이 많아진 거야. 이름을 고민하다가 물돌이가 마치 용이 몸을 트는 것처럼 보인다고 해서 '회룡포'라고 이름을 지었다고 해."

"까치야, 너는 어쩌면 그렇게 아는 것이 많니?"

"이곳이 너무 마음에 들어서 한참 동안 살고 있었거든. 마을로 내려가 보자. 뿅뿅 다리 보여 줄게."

"뿅뿅 다리? 이름이 특이하네."

회룡포 전경

도도와 흰둥이는 까치를 따라 마을로 향했습니다. 강변에 다다르자 억새풀이 강바람에 흔들거렸습니다. 마을로 들어가려면 구멍이 숭숭 뚫린 공사용 철판을 이어 붙인 다리를 건너야 합니다.

"얘들아, 이 다리가 바로 뽕뽕 다리야."

까치가 철판 위에 앉아 도도와 흰둥이를 불렀습니다.

"다리에 구멍이 숭숭 뚫렸네. 이런 다리는 처음 봐. 이곳은 신기한 게 많구나."

"이름하고 너무 잘 어울린다. 뽕뽕 다리."

뽕뽕 다리는 일정한 간격으로 구멍을 뚫은 건축용 철판을 이어서 만든 것이었습니다. 오직 회룡포에서만 볼 수 있는 다리입니다.

도도와 흰둥이는 뽕뽕 다리에 뚫린 구멍에 발이 빠질까 봐 조심조심 다리를 건넜습니다.

동그랗게 마을을 둘러싼 짙푸른 물돌이 강물과 은백색 모래사장, 마을 안에 반듯하게 정리된 논과 밭, 병풍처럼 늘어선 숲. 물돌이 모양의 한 끝을 조금만 떠내면 마을은 그대로 섬이 될 것만 같았습니다. 마치 육지 속의 섬마을 같은 모습에 도도와 흰둥이, 까치는 동화 속 나라에라도 온 듯한 기분으로 회룡포에서 신나게 놀았습니다.

도도와 흰둥이, 까치는 낙동강과 내성천, 금천이 만나는 삼강으로 갔습니다. 세 곳의 물줄기가 만나는 곳이라 하여 삼강이라 하는데, 그곳에는 '삼강 주막'이 있습니다.

"옛날에 이곳에 삼강 나루터가 있었어. 경남 김해에서 올라오는 소금배가 경북 안동 하회 마을까지 가는 길목이었고, 문경 새재를 넘어 서울로 가기 위해서는 꼭 지나가야 하는 곳이었대. 먼 길을 다니는 나그네들에게 '삼강 주막'은 밥을 먹고 쉴 수 있는 곳이었어."

뿅뿅 다리

500년이 넘은 회화나무에 올라간 까치가 주변을 둘러보았습니다. 예전의 정취를 느끼고자 하는 사람들이 주막에서 음식을 먹고 있었습니다.

"어머, 예쁜 강아지와 고양이가 있네."

"가엾어라, 떠돌아다니는 것 같은데 밥은 먹었을까?"

사람들이 도도와 흰둥이를 위해 먹을 것을 나누어 주었습니다. 흰둥이는 사람들이 주는 음식을 맛있게 먹었지만 도도는 나무 뒤에 숨었습니다. 사람들이 해코지한 기억이 아직도 선명하게 기억이 나서 사람들이 무서웠기 때문이었습니다. 사람들이 준 음식을 먹던 흰둥이가 음식을 물고 도도에게 가져다주었습니다.

"도도야, 배고픈데 어서 먹어."

도도는 망설이다가 흰둥이가 가져온 감자전을 조금 맛보았습니다. 길거리에서 주워 먹던 음식보다 훨씬 맛있었습니다. 배가 고픈 도도는 흰둥이가 주는 음식을 맛있게 먹었습니다.

그 모습을 본 일행이 놀란 듯 흰둥이와 도도를 쳐다보았습니다.

"어머나, 강아지가 고양이에게 먹을 것을 가져다주는 것 좀 봐."

"둘이 친구인가 봐. 가엾게도 배가 많이 고픈가 보다."

"내 차에 고양이 사료가 있는데 줘야겠어. 고양이들은 길거리 음식을 먹으면 신장병으로 죽을 수 있거든."

하늘거리는 원피스를 입은 예쁜 여자가 음식을 먹다 말고 차에서 고양이 사료를 담아 왔습니다. 원피스를 입은 여자는 동물들을 무척이나 사랑하는 사람이자 길 고양이에게 밥을 주는 캣 맘이었습니다.

"고양이야, 안녕? 배고플 텐데 어서 먹어."

원피스를 입은 여자는 사람들이 없는 구석진 곳에 사료와 물을 충분히 주고는 다시 음식을 먹기 시작했습니다. 참 좋은

삼강 주막

사람입니다.

도도는 살금살금 다가가서 사료 냄새를 맡았습니다. 사료 냄새는 고소하면서도 달콤했습니다. 얼마 만에 맛보는 사료인지 생각도 나지 않았습니다. 도도는 고마운 듯 자신에게 사료를 준 사람을 한 번 쳐다보고는 흰둥이를 불렀습니다. 도도와 흰둥이는 배가 부를 때까지 사료를 맛있게 먹었습니다.

1900년경에 지은 주막은 규모는 작지만 건축 역사 자료로 당시 지역의 문화와 시대상을 간직하고 있습니다. 100년 넘게 명맥을 유지해 오던 삼강 주막은, 낙동강 마지막 주모라고 불렸던 주인이 세상을 떠나자 발길이 끊겼다가 2007년에 복원되어 지금도 사람들의 발길이 이어지고 있다고 합니다.

9

낙동강 700리 표지석

개포
지보면
용궁
금천
290km
다인면
풍양면
삼강 주막
의성군
양정
280km
영강
700리
표지석
풍양
이안천
백원
도남
공덕천
사벌면
풍양면
275km
상주시
경천대
다인면
중동면
265km
상주

삼강 주막에서 며칠간 사료를 먹으며 푹 쉰 도도와 흰둥이, 까치는 다시 길을 떠났습니다. 까치가 상주시 사벌면 퇴강리 낙동강 둑에 서 있는 커다란 돌 위에 앉았습니다.

"얘들아, 이 돌은 여기서부터 낙동강 700리가 시작된다는 것을 알리는 표지석이니까 우리는 600리를 온 거야."

"우리가 그만큼 많이 온 거야? 앞으로 700리면 얼마큼 가야 되는 건지 모르지만, 사람들에게 이렇게 알리는 표지석을 세워 놓은 건 매우 뜻 깊은 것 같아."

"이곳 근처에는 오래된 성당이 있는데, 그곳에 가면 마음이

낙동강 칠백리
이곳에서 시작되다

경건해지고 좋아."

도도와 흰둥이는 까치를 따라 성당을 둘러보았습니다. 작고 아담한 성당은 보기만 해도 마음이 편안해졌습니다.

그때 흰둥이가 생각났다는 듯 말했습니다.

"낙동강이라니까 갑자기 생각났어. 사람들이 가끔가다 낙동강 오리알이라고 하던데, 낙동강 오리알이라는 것이 무엇인지 알아?"

"오리가 낙동강에다 알을 낳았는데 그 알이 강물에 떠다니는 거 아냐?"

•퇴강 성당

흰둥이가 킥킥 웃었습니다.

"사람들이 하는 말을 들었는데, 낙동강 오리알은 매우 처량한 신세가 되거나, 무리에서 혼자 떨어졌을 때 쓰는 말이래."

"그럼 우리 중에 누가 길을 잃고 혼자 떨어져서

다니면 그것도 낙동강 오리알이겠다, 그치?"

"음, 그럴 수도 있겠네. 그러니까 우리는 절대 떨어지면 안 돼. 끝까지 함께 사는 거야. 약속해."

도도가 앞발을 내밀자 그 위에 흰둥이가 앞발을 얹었습니다. 나무 위에 앉아 있던 까치가 도도와 흰둥이의 발 위로 올라가 앉았습니다.

낙동강 칠백 리 표지석

"우리 약속하는 거야. 절대로 헤어지지 않기."

"그래, 약속."

도도와 흰둥이, 까치는 발을 서로 모은 채 영원히 같이 살기로 약속하였습니다.

한국 전쟁 당시에 국군과 유엔군이 낙동강에 방어 진지를 쌓아 놓고 있을 때였습니다. 북한군이 낙동강을 건너오고 있었습니다. 국군과 유엔군이 북한군을 막기 위해 치열한 총격전을 벌이는데, 유엔 항공기에서 북한군을 향해 포탄을 퍼부었습니다. 이때 항공기에서 떨어지는 포탄과 국군의 사격으로 북한군이 쓰러지는 모습을 바라보던 중대장이 갑자기 "낙동강에 오리알이 떨어진다!"고 소리쳤습니다. 그 후부터 '낙동강 오리알'이라는 말이 널리 사용되었다고 합니다.

하늘을 받들고 있는 경천대

도도와 까치, 흰둥이는 다시 길을 떠났습니다. 도도와 흰둥이는 까치의 안내를 받아 경천대 일대의 풍경이 가장 잘 보이는 옥주봉으로 올라갔습니다. 아직 본격적으로 여름이 시작되지도 않았는데 햇볕이 뜨거워지고 있었습니다. 도도와 흰둥이는 나무 그늘에 앉아 쉬면서 풍경을 감상했습니다.

"우와, 회룡포도 멋졌는데 이곳도 무척이나 아름답네."

"낙동강 주변으로는 감탄이 절로 나는 곳이 정말 많구나." 도도와 흰둥이가 주변을 둘러보며 멋진 풍경에 푹 빠졌습니다.

옥주봉 아래에는 작은 봉우리가 솟아 있는데 바로 경천대입니다.

• 경천대에서 내려다본 낙동강

"경천대는 하늘이 만들었을 만큼 경관이 아름답다고 해서 자천대라고도 해."

까치가 경천대를 소개했습니다.

조선 시대, 병자호란 후에 인조 임금의 아들인 소현 세자와 봉림 대군이 청나라에 볼모로 잡혀갔습니다. 당시에 학자였던 우담 채득기는 세자와 대군을 보필하기 위해 청나라로 떠났다가 돌아왔습니다. 우담은 청나라에서 돌아온 이후에 벼슬도 마다하고 경천대에 무우정이란 정자를 짓고 머물면서 학문을 닦았습니다. 경천대의 비경에 반한 우담은 경천대의 아름다움을 노래한 주옥같은 시를 여러 편 남겼습니다.

"애들아, 이것 봐 봐."

까치가 가리킨 것은 우담이 연을 기른 연분, 세수를 하던 관분, 약물을 제조하던 약분으로 사용하던 돌그릇 세 개와 그가 세운 비석이었습니다. 마치 우담이 지금이라도 정자에서 내려와 세수를 할 것만 같았습니다.

"저기 보이는 곳이 천주봉이라는 곳인데, 학이 낙동강 물을 마시고 하늘로 솟구치는 모습을 닮은 것 같지 않아?"

도도와 흰둥이가 천주봉을 보니 정말 학이 날아가는 것처럼 보였습니다. 도도와 친구들은 기암절벽과 굽이쳐 흐르는 강물을 감상하며 잠시 쉬었습니다. 울창한 숲 사이로 시원한

• 경천대 무우정

바람이 불어왔습니다. 경천대 맞은편으로는 은빛 모래사장이 곱게 펼쳐져 있었습니다. 울창한 숲 아래 깎아지른 벼랑을 휘돌아가는 강물과 벌판이 꼭 어디선가 본 듯했습니다.

"애들아, 이곳도 강물이 회룡포와 비슷하게 흐르는 것 같지 않니? 마치 회룡포를 보는 것만 같아."

도도의 말에 까치가 날아올랐습니다. 고개를 빼고 벼랑 아래를 내려다보던 흰둥이가 맞장구를 쳤습니다.

"맞아, 회룡포와 비슷하네."

"강물이 휘감는 저곳은 회상 뜰이라는 벌판이야. 낙동강 주변에는 멋진 곳이 참 많아."

•전 사벌 왕릉

정기룡 장군 상과 용마

까치의 말에 도도와 흰둥이가 고개를 끄덕거렸습니다.

회상 벌판은 절벽 아래 강물이 휘감아 돌면서 은빛 모래사장과 어우러져 신비한 조화를 이루고 있었습니다.

경천대 주변에는 '전(傳) 사벌 왕릉'과 '전 고령가야 왕릉', '화달리 3층 석탑', 임진왜란의 명장 정기룡 장군의 유적지인 '충의사', '도남 서원' 등 여러 문화 유적지가 있습니다.

"경천대에서 200m가량 떨어진 곳에 용소라는 곳이 있는데 임진왜란 때의 명장인 정기룡 장군의 전설이 전해지고 있어."

도도와 흰둥이가 호기심 가득하게 쳐다보자 까치가 이야기를 시작했습니다.

"정기룡 장군이 이곳 경천대에서 거니는데 용소에서 나온 용마가 건너편 모래사장에서 뛰어노는 것을 발견한 거야. 장군이 용마를 유인하기 위해서 모래사장에서 허수아비로 변장을 하고 기다렸는데, 마침내 말이 허수아비를 보고 온 거야. 그때 정기룡 장군이 허수아비 가면을 벗고 용마 앞에 나타나자 용마가 얌전하게 장군을 따랐대. 정기룡 장군은 이 용마와 함께 임진왜란 중에 적을 무찔렀는데, 전투만 했다 하면 이겼다고 해서 상승장군이라는 별명이 있었대."

용맹과 지략, 덕성을 고루 갖춘 정기룡 장군은 전쟁에서 이긴 것뿐 아니라 어려운 사람을 도와주고 굶주린 백성들에게 곡식을 나눠주는 어진 사람으로 존경받았다고 합니다.

구미 해평 습지

선산읍
235km
해평 습지
해평면
습문천
선산읍
230km
대망천
감천
경부고속도로
구미시
구미시
고아읍
대신
아포
산동면
구미천
중부내륙고속도로
성수천
구미
220km
광평천
한천
구미(공업)
구미시
경부고속철도
사곡
경호천
이계천
200km
북삼면
광암천
서적면

도도와 흰둥이, 까치는 어느새 철새 도래지인 해평 습지에 도착하였습니다. 습지는 지구상에 존재하는 자연 생태계 중의 하나로 물기가 많아 축축하게 젖어 있는 땅을 말합니다.

해평 습지는 경상북도 구미시 해평면에 있는 습기가 많은 땅으로 환경부에서는 구미 습지라고 합니다. 드넓은 해평 습지에는 많은 새들이 먹이를 찾아 거닐기도 하고 무리 지어 하늘을 날고 있었습니다.

"우와아, 도도야 하늘 좀 봐 봐. 새들이 무리 지어서 하늘을 날고 있어. 너무나 멋진 광경이야."

흰둥이가 하늘을 올려다보며 소리쳤습니다.

"여기는 처음 보는 새들이 정말 많아."

"맞아, 우리는 까치랑 참새, 비둘기, 동박새 이런 새들만 봤잖아. 작은 새들만 보다가 저렇게 큰 새들을 보니 정말 신기하다. 저렇게 큰 새도 날 수가 있다니."

도도와 흰둥이가 궁금해 했습니다.

"해평 습지는 다른 곳에서 찾아온 철새가 머무는 도래지로 유명한 곳이야. 수많은 철새들이 이동하면서 해평 습지나 달성 습지에서 쉬었다 가곤 해. 정말 새가 많지?"

까치가 설명해 주었습니다.

"습지는 육지와 물이 만나는 지대로 중요한 생태 공간이야. 습지는 자연 현상과 인간의 활동으로 생기는 오염 물질을 자연적으로 정화해. 그래서 습지를 '자연의 콩팥'이라고 부른단다. 예전에는 습지를 버려진 땅으로 여겨서 습지의 대부분은 물을 빼내고 농경지로 만들었어. 물기가 많은 땅이라 모기와 같은 해충이 생기는 것을 막기 위해서 습지를 매립하곤 했지. 다양한 생물을 살게 해 주는 습지의 중요한 기능에 대해 잘 알지 못해서 그런 거야. 자연정화를 위해서는 습지가 반드시 있어야 해."

우리나라에는 서해안과 남해안에 잘 발달된 갯벌이 습지 면적의 대부분을 차지하고 있습니다.

습지는 홍수 때 스펀지처럼 물을 머금었다가 강으로 흘려 보내는 기능도 할 수 있기 때문에 홍수 조절에 큰 기여를 하기도 합니다. 또 습지에 사는 미생물들이 유기물을 먹고 살기 때문에 오염원을 정화하여 수질이 개선됩니다.

"여기 있는 새들은 모두 멋지게 생겼어. 종류도 너무 많아. 저 멋진 새들의 이름이 뭘까?"

"쇠기러기와 큰기러기, 고니, 황새, 독수리, 원앙, 왜가리, 백로, 황조롱이 등 수 많은 새들이 날아와. 물론 까치도 있단다. 이곳에 수달, 삵, 물수리도 살고 있어. 모두들 쉽게 볼 수 없는 친구들이야."

"까치는 정말 모르는 것이 없네."

도도와 흰둥이가 많은 것을 알고 있는 까치에게 놀라워했습니다.

해평 습지는 수달과 매, 황새, 검독수리, 물수리 등등의 서식처이기도 합니다. 습지 내의 풍부한 플랑크톤이나 유기성 분해 물질은 물에서 사는 수서 곤충이나 물고기, 조개에게 먹이를 제공하고, 수서 곤충과 어패류는 물새나 양서류, 소형 포유동물의 먹이가 됩니다.

맑은 물에서만 사는 귀여운 수달은 멸종 위기 야생 동물 1급이며 천연기념물 제330호입니다. 삵도 멸종 위기 야생 동물 1급입니다. 물수리 역시 멸종 위기 야생 동물 2급입니다.

"구미 해평 습지는 해마다 큰고니를 비롯한 재두루미, 흑두루미, 기러기 등 우리나라에 살고 있지 않은 철새들이 이동 중에 해평 습지에서 먹이를 먹으며 쉬다 가곤 해. 철새 도래지로 아주 유명한 곳이지."

까치가 철새들의 이야기를 해 주었습니다.

해평 습지는 맑은 강물과 깨끗한 모래톱, 안락한 습지가 넓

해평 습지

게 형성되어 있는데다 강 양쪽에 농경지가 있어 먹이 공급원의 기능을 하고 있기 때문에 해마다 많은 수의 두루미가 서식하기로 유명합니다. 그야말로 살아 숨 쉬는 자연의 모습이라고 할 수 있습니다.

동북아 두루미 네트워크에 가입되어 있는 해평 습지는 흑두루미와 재두루미의 국제적으로 중요한 중간 기착지일 뿐 아니라 다른 종류의 철새와 야생 동물들의 중요한 서식지이기도 합니다.

재두루미는 세계적인 희귀 새이자 천연기념물로 지정되었습니다. 황새는 멸종 위기 야생 동물 1급이며 천연기념물 제199호입니다.

"두루미는 '뚜루루루, 뚜루루루' 하는 울음소리 때문에 '두루미'라고 불리게 되었다는 얘기도 있어. 두루미는 사생활의 간섭을 싫어해서 사람을 만났을 때도 비켜달라고 '뚜륵, 뚜륵' 하는 신경질적인 짧은 소리를 낸대."

"그렇구나. 우리는 사람이 무서워서 피해 다니는데 두루미는 사람한테 비켜 달라고 하다니, 용감하네."

도도의 말에 흰둥이가 맞장구를 쳤습니다.

"그러게 말이야. 사람들은 왜 동물들을 미워하고 학대할까? 우리는 사람들이 좋은데."

흰둥이의 목소리는 몹시 슬펐습니다. 자신을 버린 주인을 생각하는 흰둥이의 슬픔을 눈치 챈 도도가 흰둥이에게 다정하게 볼을 비볐습니다.

흰둥이는 다리를 절룩거리며 걷긴 했지만 친구들의 보살핌을 받고 함께 여행을 하면서 많이 튼튼해졌습니다. 이제는 빠르진 않지만 달릴 수도 있었습니다.

"흰둥아, 우리가 있잖아. 이제는 다리도 많이 좋아졌으니 괜찮아. 내가 춤출 테니까 웃어."

까치가 흰둥이의 기분을 풀어 주기 위해 땅에 내려 앉아 날개를 퍼덕이며 춤을 추었습니다. 그 모습이 재밌어서 도도와 흰둥이가 웃었습니다.

"두루미는 평화의 상징이야. 싸움을 할 때도 몸짓과 소리로만 싸워서 실제로 다치는 경우가 거의 없기 때문이지. 두루미는 다른 동물보다도 춤을 많이 추는 동물로도 유명해. 사람들은 두루미가 추는 춤을 흉내 내서 '두루미 춤'도 만들었단다. 나도 두루미 흉내를 내서 춤을 춰 본 건데, 어때. 멋있지 않았니?"

"그래, 멋있었어. 두루미의 춤을 보지는 못했지만 너보다는 못 췄을 거야."

"사람들이 새의 춤을 따라 추다니 그것도 참 재미있네."

도도와 흰둥이의 말에 까치는 기분이 좋아졌습니다.

두루미는 순 우리나라 이름이지만 '학' 또는 '단정학'이라고도 불립니다. 옛사람들은 학이 천 년이 지나면 푸른색의 청학이 된다고 믿어 청학이 사는 곳을 청학동이라 부르며 신성시하였습니다.

두루미는 15종이 있는데 그중 7종이 우리나라를 찾아옵니다. 두루미 15종 가운데 9종은 세계적 멸종 위기종입니다. 두루미는 새 중에서 가장 큰 데다 높이 날고, 새가 보이지 않는 하늘 멀리서부터 커다란 울음소리가 들리기 때문에 천국의 전령이란 뜻에서 '천상의 새'라고도 합니다.

매년 가을이면 3천여 마리의 흑두루미가 이동을 위해 해평습지를 찾아왔지만, 드넓던 모래톱이 4대강 개발 사업으로 인해 대부분 사라졌기 때문에 흑두루미가 쉴 수 있는 공간이 없어서 찾아오는 흑두루미의 개체 수가 줄었습니다. 흑두루미는 멸종 위기 야생 동물 2급이며 천연기념물 제228호입니다.

"사람들에게 안식처가 필요하듯이 우리 같은 동물이나 식물들에게도 휴식처가 필요해. 사람과 자연에게 모두 이로운 해평 습지 같은 곳들이 더 이상 훼손되지 않았으면 좋겠어."

까치의 말에 도도와 흰둥이도 동감하였습니다.

"맞아. 개발도 중요하지만 자연 그대로의 모습일 때 사람과 동물이 더 잘 살아갈 수 있어."

도도와 흰둥이, 까치는 노을이 지는 해평 습지에서 새들이 날아가는 모습을 보면서 한없는 행복을 느꼈습니다.

흑두루미(천연기념물 제228호)

흑두루미

세계 자연 보전 연맹 적색 자료 목록에 취약종으로 분류된 국제 보호조다. 러시아의 아무르 유역과 중국 북동부에서 번식한다. 월동지는 중국의 양쯔 강 유역과 한국의 순천만, 일본 규슈 지방의 이즈미와 인접한 해안이다. 10월 중순에 도래하며, 4월 초순까지 관찰된다. 초지, 습지, 논에서 가족 단위로 생활하며, 이동 시기와 월동지에서는 가족군이 모여 큰 무리를 이룬다. 넓은 농경지 또는 갯벌을 거닐며 낟알, 씨앗과 뿌리, 어류 등을 먹는다.

재두루미(천연기념물 제203호)

재두루미

극동 아시아에서만 분포하는 종으로 몽골 동부, 러시아와 중국 국경 지역에서 번식하고, 중국 양쯔 강 유역, 한국, 일본 이즈미에서 월동한다. 우리나라에서는 대부분 철원 평야, 임진강 하구, 한강 하구, 파주, 연천 등지에서 월동하며 일부가 낙동강 하구, 주남 저수지, 순천만에서 월동한다. 10월 초순부터 도래하며,

4월 초순까지 관찰된다. 월동 중에 어미 새는 어린 새와 함께 가족군을 형성하며, 이동 시기에는 여러 가족군이 모여 큰 무리를 이룬다. 논에 떨어진 벼의 낟알을 먹으며, 갯벌에서는 갯지렁이, 식물의 뿌리 등을 먹는다.

호사도요(천연기념물 제449호)

•호사도요

우리나라에서는 2000년 이전까지는 매우 희귀한 통과 철새이자 겨울 철새로만 알려졌으나, 2000년에 충청남도 천수만에서 최초로 번식이 확인되었다. 논, 연못, 습지 등에서 서식하며 작은 무리 혹은 암수 한 쌍으로 생활한다. 암컷은 여러 수컷과 짝을 맺고 둥지에 알만 낳는다. 대신 수컷이 알을 품는 것을 비롯해 모든 양육을 전담한다. 먹이는 주로 곤충류, 부족류, 지렁이 등이며 벼와 풀씨 등의 식물성도 먹는다. 조류는 보통 일부일처제의 결혼 생활이 많지만, 호사도요는 특이하게 일처다부 형식으로 번식한다. 다른 조류와 달리 암컷이 구애와 과시 행동을 한다. 암컷이 수컷보다 더 화려하다.

생명의 땅 우포늪

(천연기념물 제524호)

덕곡면
우곡면
130km
구지면
달성군
덕곡천
125km
차천
미곡천
120km
용호천
이방면
우포늪
우포늪
115km
토평천
창녕천
황강
창덕면
유어면
경상남도
110km
의령군
부림
부림면
105km
장마면
중부내륙고속도로
낙서면
신반천
100km
남지읍
칠곡천
유곡면
95km

해평 습지에서 멋진 새들을 구경한 도도와 흰둥이는 우포늪에 도착하였습니다. 우포늪은 낙동강을 끼고 발달한 국내 최대의 내륙 습지이며, 습지를 터전으로 살아가는 다양한 생물들의 보금자리입니다. 끝이 보이지 않을 정도로 광활한 천연의 자연 경관을 간직한 우포늪은 수많은 물풀, 희귀한 동물과 식물, 곤충 등 수백 종이 신비롭게 서식하는, 동물과 식물, 곤충의 천국입니다.

우포는 축구장 크기의 210배가 넘는 넓은 면적으로 우포늪, 목포늪, 사지포, 쪽지벌 등 4개의 습지로 구분됩니다. 이중 우포늪이 가장 크다고 합니다. 우포늪을 지역 주민들은 소벌

이라 부릅니다. 우포늪과 목포늪 사이에 소목산이 있는데, 하늘에서 내려다보면 마치 '소가 물을 먹는 것 같다'고 하여 소벌이라고 합니다. 소벌을 한자로 표기하면 우포가 되어 우포라고 합니다.

"우와, 여기는 해평 습지보다 훨씬 크네. 저 멋진 나무들 좀 봐."

"그러게. 신기하게 물속에 나무들이 살고 있네. 나무들 이름이 뭐야?"

우포늪의 크기와 아름다운 모습에 놀란 도도와 흰둥이는 눈이 휘둥그레졌습니다.

• 우포늪

“물속에서 군락을 이룬 저 나무들은 왕버들이라고 해. 멋지지?”

까치가 왕버들 나무로 날아갔습니다.

“환상적이다. 정말 신비로워.”

“까치는 정말 좋겠다. 물 위도 저렇게 날아갈 수 있으니.”

도도와 흰둥이가 부러워했습니다.

“얘들아, 해평 습지에도 새들이 많지만 우포늪도 수많은 종류의 새들이 모여 드는 곳이야.”

습지의 얕은 물과 수초 지대는 물고기들이 살기에 좋고, 새들에게도 쉬거나 먹이를 구할 수 있는 장소입니다. 또한 동물들도 물을 마실 수 있고 쉴 수 있는 장소이기 때문에 습지에는 수많은 종류의 동물, 식물, 곤충들이 모여듭니다.

천연 자연 속에서 수많은 생물들이 모여 사는 우포늪은 자연 생태계 보전 지역이며 람사르 국제 협약에 따라 습지 보호 지역으로 지정되었습니다. 람사르 습지란 특이한 생물 지리학적 특성을 가졌거나 희귀 동식물 종의 서식지, 물새 서식지로서의 중요성을 가진 습지여야 선정이 되는 것입니다. 우포늪은 그만큼 신비롭고 소중한 곳입니다.

• 가시연꽃

“어? 저기 고기 잡는 어부가 있네? 수초 속에서 무언가 잡는 사람들도 있어.”

“응, 지역 주민들이 물고기를 잡는 거야.”

우포늪 근처 주민들은 농사와 어업으로 생활했었는데, 1997년 우포늪이 자연 생태계 보전 지역으로 지정된 이후에는 허락을 받은 주민들만 물고기와 고동 등을 잡을 수 있습니다. 우포늪에는 논우렁이, 대칭이, 말조개, 물달팽이, 엷은 재첩 등이 있는데, 논우렁이는 상품 가치가 높아 우포 주민들에게 인기가 많습니다.

“까치야, 늪을 덮고 있는 저 잎들은 뭐야? 동화 속 장면 같아.”

"가시연꽃, 마름, 생이가래, 자라풀 등인데 그중에서도 가시연꽃은 잎이 2m까지 자란대. 뿌리가 없이 물속을 떠다니는 통발이라고 하는 식물도 있는데, 통발은 벌레를 유인하여 잡아먹는 식충 식물이야. 놀랍지?"

"식물이 곤충을 잡아먹다니, 정말 놀랍다."

도도와 흰둥이는 자신들도 잡아먹힐까 봐 무섭다는 시늉을 하였습니다. 그 모습을 보고 까치가 깍깍거리며 웃었습니다.

우포늪에 있는 희귀한 가시연꽃은 멸종 위기 야생 식물 2급으로 보호되고 있습니다.

"우포늪에는 흰뺨검둥오리, 물닭, 논병아리, 까치, 어치, 직박구리, 멧비둘기 등의 텃새 외에 왜가리, 중대백로, 쇠백로, 해오라기, 쇠물닭 등의 여름 철새와 오리, 기러기류, 청둥오리, 고니류, 노랑부리저어새, 겨울 철새 등이 살고 있어. 어휴, 새 이름 외우는 것도 힘들다."

검은색과 흰색 중대백로

까치가 숨이 찬 듯 한숨을 쉬

•우포늪 중 목포늪

었습니다.

"까치는 정말 놀랄 정도로 아는 것이 많네. 치매에 걸리지 않을 것 같아."

흰둥이의 말에 맞아, 맞아 하며 도도가 웃었습니다.

우포늪에는 무당벌레, 잎벌레, 사마귀, 메뚜기, 노린재, 딱정벌레, 반딧불이, 귀뚜라미, 땅강아지, 잠자리, 나비, 벌, 파리 등 다양한 곤충도 살고 있는 생명의 보고입니다.

"지금은 여름이라 새가 많지 않지만 겨울이면 수천 마리의 철새들이 늪 위를 날아가는 모습을 볼 수 있어. 내가 봐도 멋진 풍경이야."

까치가 날아오르는 모습을 보며 도도와 흰둥이는 수천 마리의 새들이 날아가는 모습을 상상했습니다. 생각만으로도 가슴이 벅찼습니다.

자연 생태계에서 습지는 무척 중요한 역할을 합니다. 습지는 수많은 조류, 어류, 포유류, 양서류, 파충류 등의 각종 야생동물의 서식지이기도 하지만 수질 정화는 물론 해안 침식을 방지하고, 지하 수량을 조절하며 지구 온난화의 주범인 이산화탄소의 양을 적절히 조절해 주는 등의 다양한 역할을 하기 때문에 '자연의 콩팥'이라고도 합니다.

"사람들이 쓰지 못하는 땅인 줄 알았던 습지가 이렇게나 유익하다니, 정말 자연은 놀라워."

도도와 흰둥이가 습지의 무한한 자정 능력에 감탄했습니다.

"그렇지? 생명 있는 모든 것에 유익함을 주는 습지가 있다는 것은 참 좋은 거야. 생태 보존을 위해서라도 습지를 없애거나 쓰레기 버리는 행위를 하지 말아야 해."

"맞아, 맞아. 그래서 사람들이 우포늪을 지키기 위해 다양하게 활동하고 있잖아."

환경을 사랑하는 사람들은 생명이 있는 모든 것에게 이익을 주는 우포늪을 지키기 위해 겨울철에는 철새에게 먹이를 주고, 쓰레기를 버리지 않으며 생태 모니터링 활동을 지속적으로 하면서 환경 캠페인도 합니다. 환경의 중요성을 알고 생태계를 지키는 것은 무엇보다 중요한 일입니다.

습지가 사라진다는 것은 결국 생태 파괴로써 자연에게 받아 오던 무한한 혜택을 받을 수 없게 되는 것입니다. 우리와 함께 살아가는 자연 친구들이 사라진다는 것은 결국은 우리가 살아야 할 곳이 사라지고 있다는 것을 의미합니다.

우포늪을 보며 자연에 대한 귀중함을 얻은 도도와 흰둥이, 까치는 우포늪에 있는 생태 공원과 조각 공원을 둘러보기 위해 발걸음을 옮겼습니다.

새들의 낙원 을숙도

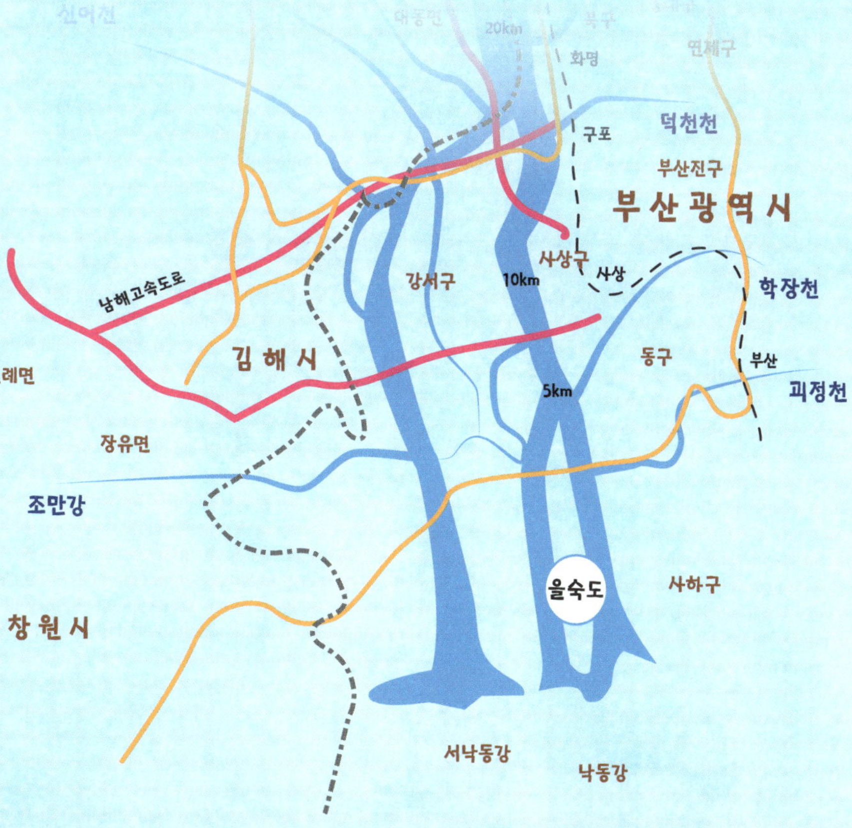

신어천
대동면
20km
북구
화명
연제구
구포
덕천천
부산진구
부산광역시
사상구
사상
강서구
10km
학장천
남해고속도로
김해시
동구
부산
진례면
5km
괴정천
장유면
조만강
을숙도
사하구
창원시
서낙동강
낙동강

낙동강은 남해로 흘러오면서 바다와 강이 만나는 곳에 모래섬을 형성합니다. 이를 연안 사주라고 하는데, 낙동강 지역 사람들은 울타리 섬, 모래섬, 등(나지막한 고개), 모래톱 따위 다양한 이름으로 부릅니다.

낙동강 물이 바다로 흘러들어 가는 지역에는 솔개나 매와 같은 맹금류가 서식하고 있다는 뜻의 맹금머리 등, 사람들이 백합 조개를 주로 채취하던 백합 등, 도요새가 많은 도요 등, 문화재 보호 구역인 대마 등, 철새들이 많이 모여드는 장자도, 새로 생겨난 섬이란 의미인 신자도, 전쟁고아들을 보살피던 진우원이 있었던 진우도 등의 모래섬이 있습니다.

그 중에서도 을숙도는 낙동강 하류 철새 도래지(천연기념물 제179호)로 유명합니다. 을숙도 철새 공원과 낙동강 하구 에코센터가 설치돼 생태 교육 장소로 활용되고 있는 을숙도는 낙동강 끝자락에 있습니다. 새가 많이 살고 물이 맑은 섬이라는 뜻의 을숙도는 수심이 얕고 풍부한 퇴적물로 이루어졌습니다. 각종 동식물성 플랑크톤, 연체동물, 갑각류, 소형 어류 등과 함께 여러 해조류가 있기 때문에 새들의 먹이가 풍부해서 10만여 마리의 철새들이 쉬어 가는 철새들의 낙원입니다.

"애들아, 이제 우리 낙동강 끝인 을숙도에 왔어. 을숙도는 강물과 바닷물이 만나 섞이는 곳이기 때문에 물고기와 조개 종류도 다양하고 저기 보이는 것처럼 갈대와 수초가 무성해. 공간도 넓고 먹이가 풍부해서 여행길 떠난 철새들이 쉬어가기 위해 많이 찾아오는 곳이야."

"우리가 낙동강 끝까지 온 거라고?"

"그럼. 너희들 정말 대단해. 흰둥이는 다리가 아픈데도 잘 참으면서 왔네."

까치가 흐뭇한 표정을 지었습니다.

"도도야, 흰둥아, 저기 좀 봐. 갈대가 숲을 이루었어. 바람에 흔들리는 것이 환상이야. 너무나 멋지다. 우리 저 길을 걸어 보자."

을숙도에는 갈대와 억새 길이 광활하게 펼쳐져 있습니다. 도도와 흰둥이는 까치와 함께 갈대 길을 걸었습니다. 바람결에 갈대가 춤을 추듯 흔들거렸습니다.

"자세히 보니 갈대랑 억새가 섞여 있네. 그런데 어느 것이

•낙동강 하구 에코 센터

갈대이고 어느 것이 억새인지 모르겠어."

흰둥이가 바람결에 흔들리는 갈대와 억새를 보며 궁금해했습니다.

"갈대는 늪이나 호수, 강변, 갯벌 같은 곳에서 자라고, 억새는 햇볕이 잘 드는 산이나 들에서 자라지. 갈대는 갈색 꽃이 피고 억새는 흰색 꽃을 피워. 사람들도 억새를 갈대라고 하는 경우가 있는데, 우리라도 제대로 알자. 하얗게 흔들리는 건 억새고, 갈색으로 보이는 건 갈대야."

"그렇구나, 여태껏 억새를 갈대로 잘못 알고 있었네. 고맙다, 까치야."

“나도 억새를 갈대로 알고 있었어. 이번에 확실하게 알았네.”

도도와 흰둥이가 억새의 흔들림에 맞춰 춤을 추었습니다.

물속에 사는 갈대와 부들은 수질 정화 능력이 탁월합니다.

갈대 길 끝 지점의 갯벌에서 새들이 먹이를 찾고 있었습니다. 을숙도에서 살고 있는 새와 여름 철새들입니다. 철새들이 이동하는 경로는 6000km라고 합니다. 이동 중에 쉬면서 체력도 비축하는 중간 기착지로 새들은 우리나라를 많이 찾습니다. 그렇기 때문에 항상 머무는 텃새와 옮겨 다니는 철새까지 포함해 해평 습지, 우포늪, 을숙도 등은 ‘새들의 천국’이 되는 것입니다.

갯벌에는 고니와 여름새들이 먹이를 먹고 있었습니다. 우아하게 걸으며 먹이를 찾는 모습은 평화로워 보였습니다. 새들은 무리지어 하늘을 날다가 다시 내려와 먹이를 찾곤 하였습니다.

“저렇게 많은 새가 무리지어 하늘을 날다니, 정말 장관이구나. 너무나 멋지다.”

“새가 너무 많아서 하늘이 보이지 않을 정도야. 새들 뒤로 노을이 지는 것 봐. 너무나 멋져서 말을 못하겠어."

도도와 흰둥이가 하늘을 날아가는 새의 무리를 보며 감탄을 쏟아 냈습니다.

"을숙도는 겨울에도 그리 춥지 않고 여름은 시원해서, 겨울 철새와 여름 철새의 번식지로 매우 적합한 지역이라 항상 새들이 많이 찾는 곳이야."

을숙도에 머무는 철새의 대부분은 겨울새이지만 여름철에 찾아드는 여름새와 봄가을 철에 잠시 머무는 나그네새도 있습니다.

을숙도에는 천연기념물인 황새 · 저어새 · 재두루미 · 느시 · 흰꼬리수리 등 희귀종도 있습니다.

• 을숙도 전경

"낙동강은 가는 곳마다 새들의 천국인 것 같아. 새들은 정말 좋겠다. 먼 곳을 이동하는 중에 이렇게 쉴 곳이 있으니 말이야."

"그러게. 언제까지나 이렇게 평화롭게 새들이 살 수 있으면 좋겠어. 새들이 살 수 없는 환경이면 우리 동물들은 물론이고 사람들도 살 수 없을 거야."

"맞아. 자연 그대로의 환경은 무엇보다 중요해."

"이렇게 아름다운 곳에 왔으니 이곳에서 좀 더 머물다가 떠나자."

도도와 흰둥이, 까치는 아름다운 새의 천국 을숙도에서 피곤한 몸을 쉬었습니다.

을숙도를 찾아오는 겨울 철새는 10월부터 3월 중순까지

흑부리오리

쇠기러기

머무는데, 백조와 오리 종류로 큰고니 · 청둥오리 · 혹부리오리 · 쇠오리 · 고방오리 · 흰죽지수리 · 쇠기러기 · 큰기러기 · 두루미 · 저어새 · 느시 · 아비 · 논병아리 등이 있습니다.

물총새

여름 철새는 4월부터 9월 사이에 볼 수 있는 새들로, 백로 · 황새 · 왜가리 · 덤불해오라기 · 개개비 · 흰물떼새 · 뜸부기 · 쇠제비갈매기 · 물총새 등이 있습니다.

봄과 가을에 머무르다 가는 나그네새로는 마도요 · 뒷부리도요 · 노랑발도요 · 좀도요 등의 도요새 무리와 왕눈물떼새 · 검은머리물떼새 · 개꿩 등이 있습니다.

큰고니(천연기념물 제201-2호)

•큰고니

멸종 위기 야생 생물 2급이다. 우리나라를 찾아오는 고니류 중에서 월동 집단이 가장 큰 종이지만 대부분 도래지에서 개체수가 감소하고 있다. 국내에는 4,000~5,000개체가 월동한다. 최대 월동군은 낙동강 하구에서 1,000개체 이상이 확인되고 있다. 초식성으로 자맥질해 긴 목을 물속에 넣어 넓고 납작한 부리로 호수 밑바닥의 풀뿌리와 줄기를 끊어 먹거나, 질펀한 갯벌에 부리를 파묻고 우렁이, 조개, 해초, 작은 어류 따위를 먹는다. 한번 부부의 연을 맺으면 평생을 가족 단위로 함께한다는 큰고니는 10월 말에 새끼를 데리고 시베리아에서 와 을숙도 갯벌에서 영양분을 공급받으며 쉬어 간다.

낙동강 녹조

을숙도에서 기운을 충전한 도도와 흰둥이, 까치는 낙동강 하구를 구경 다녔습니다.

"앗, 저게 뭐지? 넓은 잔디밭인가 보다. 야호, 신난다."

흰둥이가 말릴 새도 없이 갑자기 넓은 잔디밭으로 달려갔습니다. 그런데 땅이 꺼진 것인지 흰둥이가 잔디밭 속으로 쑤욱 들어가는 것이었습니다.

"앗, 흰둥이가 갑자기 사라졌어."

"잔디밭에 구멍이 뚫렸나 봐."

놀란 도도와 까치가 흰둥이에게 달려갔습니다. 가까이 다가가 보니 흰둥이가 뛰어든 곳은 잔디밭이 아닌 초록색 강물이었

습니다.

"어푸, 어푸, 사람,
아니 강아지 살려!"

흰둥이가 초록색 물 밖으로 머리를 내밀며 소리치다가 다시 사라졌습니다.

"앗, 이것은 잔디가 아니라 강물이야."

"강물이라고? 그럼 흰둥이가 물에 빠진 거야? 어떡해!"

도도는 물을 무서워했지만 지금은 그럴 여유가 없었습니

다. 물에 빠진 흰둥이를 구하기 위해 도도가 물속으로 풍덩 뛰어들었습니다.

흰둥이와 도도가 빠진 강물은 마치 잔디처럼 녹색으로 뒤덮여 있었습니다. 도도가 흰둥이에게 헤엄쳐 가는 동안 도도 역시 초록색으로 변했습니다.

까치가 강물 위를 날며 큰 목소리로 깍깍거렸습니다. 나무 위에 있던 까치들도 다급하게 도움을 요청하는 까치 소리를 듣고 함께 큰 소리로 외쳤습니다. 강가를 거닐던 사람들이 시끄럽게 떼로 깍깍거리는 소리를 들었습니다.

"까치들이 강물 위에서 왜 저렇게 깍깍거리지?"

강물 위에서 소리 지르는 까치를 본 사람들이 두리번거렸습니다.

"어? 엄마, 저기 강아지랑 고양이가 강물에 빠진 것 같아요."

머리를 묶은 소녀가 물에 빠진 도도와 흰둥이를 발견했습니다.

"어떡하지? 빨리 구해 줘야겠어."

사람들이 우왕좌왕하는 사이에 도도와 흰둥이는 물 가장자리를 향해 헤엄치고 있었습니다. 하지만 녹조가 몸에 엉겨 붙어 헤엄치는 것도 쉽지 않아 기운이 점점 빠졌습니다.

"흰둥아, 도도야, 거의 다 왔어. 기운 내."

까치가 큰 소리로 흰둥이와 도도를 불렀습니다.

"고양이와 개가 기운이 빠졌나 봐. 어서 건져 줘야겠어."

소녀의 아빠가 흰둥이와 도도를 강가에서 끌어 올렸습니다. 녹색 물을 많이 마신 흰둥이와 도도는 강변으로 끌어 올려지자마자 쓰러졌습니다. 그러고는 녹색 물을 토해 내기 시작했습니다.

"어떡해, 얘들아. 어서 기운차려."

까치가 흰둥이와 도도의 몸 위를 빙빙 돌면서 엉엉 울었습니다.

"안 되겠어. 강아지와 고양이를 어서 동물 병원으로 데려가야겠어."

소녀와 엄마, 아빠는 승용차에다 흰둥이와 도도를 싣고 동물 병원으로 데려갔습니다.

"이런, 녹조를 많이 마셨군요. 녹조에 있는 독성 물질과 감염성 곰팡이가 문제를 일으키기 때문에 잘못되면 큰일 나요. 얼른 치료해야겠어요."

수의사는 흰둥이와 도도가 녹조를 토해 내자 곧바로 목욕을 시켰지만 흰둥이와 도도는 정신을 차리지 못했습니다. 수의사는 흰둥이와 도도에게 주사를 놓고는 편히 쉬게 하였습니다. 흰둥이와 도도가 잔디밭으로 착각한 것은 '녹조'였습니다.

물속에 질소나 인 같은 무기물이 지나치게 많아지면 이것을 먹고 사는 조류가 많이 번식해서 물의 색깔이 녹색이나 갈색으로 바뀌는 것을 녹조라고 합니다. 녹조가 생기면 물에서 비린내와 흙냄새가 나기도 합니다. 녹조는 주로 호수와 하천에서 생기는데, 수온이 상승하는 봄철부터 시작하여 주로 날씨가 뜨거워지는 여름에 본격적으로 생깁니다. 강에 유기 물질과 오염 물질이 많이 축적돼 있는데다 물의 속도가 느려지면 녹조가 더 빨리 발생되기도 합니다.

우리나라는 댐, 저수지 등을 주요 상수원으로 이용하고 있어, 녹조가 발생하면 사람들이 마시는 물에서도 독소가 생기고 악취가 날 수 있습니다. 그러니 그 물을 마시면 건강에 나쁜 것은 물론이고, 가축이나 물고기들도 독성으로 인해 살 수가 없습니다.

다행히 도도와 흰둥이는 동물 병원에서 치료를 받고 기운

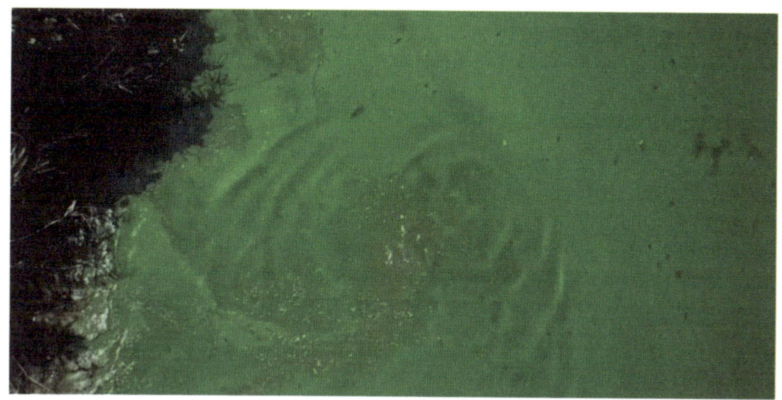

•낙동강 녹조

을 차렸습니다.

"얘들아, 이제 정신이 드니?"

까치가 걱정스레 물었습니다.

"괜찮아, 이제 어지러운 것이 없어졌어."

도도와 흰둥이의 말에 까치는 안도했습니다. 까치가 도도와 흰둥이 옆을 떠나지 않자, 사람들이 신기해하였습니다.

"엄마, 아빠. 까치가 고양이랑 강아지와 친구인가 봐요. 걱정 돼서 계속 옆을 지키는 것 같아요."

머리를 묶은 소녀가 까치를 보며 말했습니다.

"그러게. 여기까지 따라온 걸 보면 친한 친구인가 보네."

"신기하네. 까치가 어떻게 동물들과 친구가 될 수 있지?"

엄마, 아빠의 말에 수의사가 웃으면서 말했습니다.

"어느 땐 동물 친구들이 사람들보다 더 멋질 때가 많아요."

도도와 흰둥이가 기운을 차리자 수의사가 사료 위에 맛있는 간식을 얹어서 도도와 흰둥이에게 주었습니다. 배가 고팠던 도도와 흰둥이는 허겁지겁 먹었습니다. 도도와 흰둥이는 자신들을 버렸던 사람들 때문에 사람이 무섭고 싫었지만, 자신들을 구해 주고 보살펴 주는 사람들을 보자 사람들에 대한 미움이 사라지고 고마운 마음이 들었습니다.

소녀가 도도와 흰둥이를 쓰다듬었습니다. 도도와 흰둥이는 고마움을 표시하기 위해 소녀에게 몸을 기댔습니다.

"아유, 귀여워라. 그런데 얘들은 주인이 없나 봐요. 얘들 물에 빠질 때 주위에 우리 밖에 없었잖아요."

소녀가 안타까운 듯 말했습니다.

"목욕을 시키면서 보니까 너무 말랐더라고요. 주인에게서 버려진 친구들 같아요."

수의사가 안타깝다는 듯 말했습니다.

"너무 불쌍해요. 어떡해. 다시 길거리로 나가면 굶어 죽을 수도 있잖아요."

"그러게. 떠돌아다니다가 나쁜 사람한테 해코지를 당하기라도 하면 큰일이야."

아빠가 도도와 흰둥이를 걱정하였습니다. 생각에 잠겼던 소녀가 말했습니다.

"엄마, 아빠. 우리가 데려가서 키우면 안 될까요?"

"정말? 그러면 되겠네. 마침 강아지나 고양이를 키우려고 생각하고 있던 참인데, 잘 됐네. 선생님, 그래도 될까요?"

소녀의 말에 엄마가 적극적으로 찬성했습니다.

"아빠, 제발 데려가서 키우게 해 주세요. 제가 잘 키울게요."

소녀의 말에 아빠가 웃었습니다.

"그래, 데려가자. 그 대신 이 친구들의 밥도 네가 주고, 똥도 네가 치우는 거다. 알았지?"

"네, 그럴게요. 고마워요, 아빠."

소녀가 펄쩍 뛰며 좋아했습니다.

"정말 잘됐군요. 이 친구들도 길에서 떠도는 것보다 집에서 사는 것이 훨씬 행복할 거예요."

수의사가 기쁨의 미소를 지었습니다.

소녀와 엄마, 아빠가 수의사에게 감사의 인사를 전했습니다.

"얘들아, 이제 우리와 함께 살자. 우리는 이제 가족이야."

소녀가 활짝 웃으며 도도와 흰둥이를 안았습니다. 곁에서 엄마, 아빠와 수의사가 활짝 웃었습니다.

도도와 흰둥이는 소녀의 품에 안겨 소녀의 집으로 갔습니다. 소녀의 집에는 넓은 잔디밭이 있었습니다. 녹조가 아닌 진짜 잔디밭이었습니다. 도도와 흰둥이는 집 안과 잔디밭에서 마음껏 뛰어놀 수 있었습니다.

소녀의 가족들은 도도와 흰둥이에게 가족이 되었다는 의미에서 이름을 지어 주었습니다. 도도는 탐스러운 '열매'라는 이름을, 흰둥이에게는 고급스런 '이안'이라는 이름으로 불렀습니다.

도도와 흰둥이는 나쁜 사람들에 의해 버려졌지만, 이제 자신들을 사랑해 주는 사람들과 함께 가족이 되어 새로운 이름으로 행복한 삶을 살게 된 것입니다.

소녀는 아침이면 마당에 있는 나무 아래에 과일을 가져다 놓고 까치를 불렀습니다.

"까치야, 오늘 네가 먹을 음식이야. 어서 내려와 먹어."

소녀의 말에 까치가 나무에서 내려와 사과를 맛있게 쪼아 먹었습니다. 소녀를 따라 온 열매와 이안이가 사과를 쪼아 먹는 까치를 보며 즐거운 표정을 지었습니다. 햇볕은 뜨거웠지만 나무 아래는 그늘이 지고 바람도 시원했습니다.

까치가 사과를 쪼아 먹는 것을 보던 소녀가 열매와 이안이를 쓰다듬었습니다. 소녀의 손길은 따뜻하고 다정했습니다. 사과를 다 먹은 까치가 날개를 펴고 마당 위를 빙글빙글 돌자 도도와 흰둥이가 까치를 따라 마당에서 마음껏 뛰었습니다. 소녀도 도도와 흰둥이를 따라 달렸습니다.

열매와 이안이와 까치는 행복했습니다.

낙동강의 문화 발달

영남 지방의 신석기 문화는 낙동강 유역에서 비롯되었으며 신석기 시대 유물이 출토되었습니다. 경상북도 칠곡군 석적면 중동 일대에서 구석기인들이 사용하였던 돌망치 등 석기가 발굴되었고, 김해 패총 등에서는 탄화된 쌀알이 나왔습니다. 옛날에는 물길을 따라 배로 이동하거나 물건을 실어 날랐습니다. 낙동강은 영남 지방에서 생산되는 물품과 곡식 등의 운송로로 이용되었습니다.

낙동강 주변에는 성주 성산동 고분군, 대구 불로동 고분군, 고령 지산동 고분군, 창녕 교동 고분군, 함안 말이산 고분군 등 고대의 왕릉급 고분들이 많이 있습니다.

•탄화된 쌀알이 나온 김해 봉황동 유적

낙동강 유역의 영남 지방은 특히 청동기와 초기 철기 문화의 꽃을 피운 곳으로 가야와 신라 문화가 발달하였습니다.

옛날에는 낙동강 물길을 따라 사람과 물건을 실은 배가 다녔습니다. 낙동강 하구에는 강물에 의해 운반된 퇴적물로 김해평야가 형성되어 농경 문화가 발달하였습니다.

구미시
칠곡군
성주군
달성군
달서구
대구광역시
경상북도
경상남도
의령군

창녕군
밀양시
창원시
김해시
경상남도
부산광역시
을숙도
양산천
대천천
덕천천
학장천
괴정천
계성천
길곡천
온정천
청도천
초동천
산남천
미전천
우곡천
화제천
주천강
화포천
대포천
소감천
주중천
예안천
신어천
조만강
80km
75km
70km
65km
60km
55km
50km
45km
40km
35km
30km
25km
20km
10km
5km